특이한 사람이 아니라
특별한 사람입니다

모먼트 지음

어둠 속에서 빛을 내는 당신이라는 태양

'특이한'과 '특별한' 이 차이는 가운데 글자 하나, 더 나아가 양면성이라 생각한다. 그 사이에는 온전히 '나'라는 사람이 존재할뿐더러 중심이 된다.

타인과 다르기 위해서, 구별되는 특징을 가지려 억지로 애쓰지 않아도 이미 나는 나대로 고유한 정체성을 가지고 있다.

잘 보이기 위해서, 연기하지 않고 온전히 나를 받아들이는 자체만으로 틀린 것이 아니라 다른 것이고 특이한 것이 아니라 특별한 것이다.

여기, 당신을 위한 행성, 별들의 챕터들이 준비
돼 있으니 위로와 조언을 가득 담으며 잊지 못할
여행이 되었으면 좋겠다. 당신이 있기에 세상이
있고 우주가 있는 것일 테니까.

프롤로그

어둠 속에서 스스로 빛을 내는 당신이란 '태양'

Chapter.1 작아보이지만 큰 힘을 가진 : 수성

Chapter.2 반짝 반짝 빛나는 그대 : 금성

Chapter.3 살아 숨 쉬기에 희망이 있는 : 지구

Chapter.4 가끔은 화 내고 살아도 돼 : 화성

Chapter.5 무한한 가능성을 가진 내면 : 목성

Chapter.6 너와 나를 이어준 연결고리 : 토성

에필로그
끝없이 무수한 어둠 너머 너라는 별

Chapter.1

작아보이지만 큰 힘을 가진 '수성'(Mercury)

질량은 지구의 18 | 1인만큼 아주 작은 행성인 수성은 18편으로 구성돼 있습니다.

대기가 거의 존재하지 않고 매우 가벼운 가스층이 있으며 수소와 헬륨, 나트륨 등의 원자가 포함되어 있습니다.

지형은 달과 비슷하고 겉은 아주 작아 보이지만 그 속에는 고밀도의 핵이 있듯이, 첫 페이지를 펼칠 우리 독자분들의 무궁무진한 가능성을 응원하며 즐거운 글자 여행을 하시라는 말씀을 전합니다.

순간

드라마나 영화 속
주인공의 시련은

정말 찰나의
순간이야.

너의 삶에서
겪는 고난과

감당할 수 없는
무수한 시련들은

영원하지 않아
분명 잠깐일 거야.

머지않아 네게
다가올 행복은

너의 모든 순간들이
하나, 둘 모여

오래도록 여운 남을
해피엔딩일 테니.

달맞이꽃

깜깜한 밤에 홀로 피어나
모두가 깨면 잠이 드는
꽃 한 송이는

묵묵히 이 시간을
홀로 견디는 달의
유일한 편이 된다.

네가 힘들어할 때면
아무 말 없이
그냥 안아줄게.

누군가 너를 잘못했다고
손가락질한다면
너의 손을 잡고
멀리 달아날게.

모두가 너를 외면하고
틀리다고 말해도
묵묵히 바라보는
달맞이꽃이 될게.

계속, 계속 말이야.

예쁘다

학창 시절, 우연찮게 유명한 남자 아이돌의 노래를 감명 깊게 들은 적이 있다. 매번 점심시간이 되면 교실의 컴퓨터로 각종 노래들을 틀어주는 오락부장의 적극적인 성격이 아직도 기억에 남는다.

가사 중에 '턱 끝까지 차올랐던 그 말을 내일 꼭하겠어' 다음으로 '너 예쁘다'라는 말이 듣는 이의 마음을 울리게 했었다.

물론 미적 기준은 사람마다 지극히 주관적이라온전히 맞추기는 다소 어렵다. 드라마에서 나오는 몇몇 장면들은 등장인물 간의 갈등을 만들기도 한다.

벌어질 법한 일은 현실에서도 간혹 일어나고,한 번은 남녀공학에 다닐 때 여학생들 얼굴을 순위 매겨 급 나누고 자기들끼리 경쟁하며 시기하게 하는 무례한 행동도 벌어졌다.

나 역시 겪어본 일이었기에 속상하기도 했고, 울었다. 다른 아이들도 화장실 칸에 들어가 소리 내 울곤 했던 기억이 있었다. 참 속상하지만 끌리는 것이 존재한다는 건 마음이 참 씁쓸해졌다.

문득 든 생각이지만 '예쁘지 않은 사람은 없다'.예쁘지 않은 사람은 어디에도 없다.

예쁘다는 말은 언제 들어도 참 좋다. 나이를 먹어도 새로이 누군가를 만나도, 꽃향기 담은 한 마디에 더없이 행복해지는 우리라서

내 사람

대단한 것을
이루는 것은 좋지만
스스로를 아프게 하지는 마.

타인의 인정을 받기 위해
과시하는 소비는
자기 자신을 잃어버리니까.

각자 사느라
가끔 연락이 늦더라도
곁에 묵묵히 믿어주는
너의 존재로 행복해

너는
내 사람, 내 자랑이야
기억해 줘
늘 고마운 사랑아.

세례명

내 활동명은 원래 '모먼트'가 아니었다. 누군가는 이 얘기를 들으면 소스라치게 놀라고는 한다.

조금 부끄럽지만 '웬디'라는 이름으로 지냈다. 나의 영어 이름이자 전 세계 사람들을 만날 수 있는 큰 의미 말이다.

그러나, 인품도 외모도 무척이나 훌륭하신 아티스트 한 분이 대중적으로 계시자 그분의 팬 분들이 정중하게 이름 변경 요청을 부탁하셨다. 워낙 예쁘게 말씀해 주셔서 크게 상처받은 것은 없다.

추억과 정이 참 많은 이름인지라 처음에는 막막함이 크게 들었다. 당시 감정 기복도 엄청 심했는지라 버스에 앉아 하염없이 창밖을 보며 멍을 때리고는 했다.

문득 '기복이라는 건 꼭 나쁜 걸까?'라고 생각하다 하루에도 일교차가 있듯 자연스러운 것이라 결론을 내렸다.

즉, 사람에게 있어 '순간의 힘'은 작아 보이지만 이전 시간을 무의미하게 만들 정도로 크기에 긍정과 부정 상관없이 또 다른 누군가의 순간이 되어주고 싶다.

새 예명이 필요했던 찰나에 선물처럼 와준 나의 순간, 너는 신이 주신 나의 세례명이었다.

다정

세상 사는 게 너무 힘들고 야속하다고 느낀 적 있다. 열심히 노력했지만 결과가 나오지 않아 한없이 속상하고, 보내온 시간이 무의미하게 생각되는 그런 날

다른 사람의 핀잔에 당황스러운 마음이 커서 스스로 보호하지 못하고 머리가 새하얘지는 바보 같은 나의 모습, 영악하지 않은 내가 참 미운 날

그러나, 살아감에 있어 '공감도 재능'이라는 말이 있듯 다정함 역시 큰 무기가 된다.

타인의 무례함에 굳이 하나하나 따지고 확인하거나, 무시했다는 이유로 똑같이 응징하는 것도 찰나의 순간에는 후련하다. 분명히 나를 지키기 위해서 행한 행동이니까.

그러나 나중에 갈수록 복수는 끝도 없다는 걸 깨닫고 마음은 점점 불편해지기 마련이었다.

가끔은 '화'라는 감정도 필요한 것이 맞다. 하지만 그 사람이 행하지 못 한 다정함을 내가 먼저 건넨다면 한 편으로 미안함과 고마움을 느끼며 스스로가 부끄러워질 것이다.

착하게 살아도 된다. 다정하게 살자.
착한 사람은 사실 강한 사람이니까.

향초

생일날 선물로 받은
소중한 마음 하나

잠을 자기 어려워
여러 번 뒤척이고

생각이 많아 잠시
비워내고 싶을 때면

깊고 어둠이 서린 적막에
작은 불씨 하나 피워 본다.

조그마한 빛이 내뿜는 향기는
보이지 않는 마음속 상처를 달래고

따스한 온기 하나는
내게 꿈을 꾸게 해

다시금 내일을 살아갈
동력을 불어 준다.

내가 너의 향초가 되어
다가올 내일을

내 일처럼 응원할게
언제나, 이 자리에서

염색

기분 전환을 해 보려
미용실로 향했다

도착하니 내게
책 한 권을 건네시며

원하는 색상이 있는지
의사를 물어봐 주셨다.

직접 고르며
달라지는 내 머리색처럼

나의 행복과 기분 모두
주도적으로 고르며 살자

다채롭고 어여쁜
내 인생의 색깔은

훗날 무엇으로
어떻게 기억되려나.

천천히
———

돈을 벌기 위해 일을 하다 보면

나도 모르게 조급해진다.

아무래도 해야 할 일이 훤히 보이다 보니
내 마음과 달리
몸이 잘 안 따라온다.

간혹 실수가 생겨 난처하고 당황스러운 마음이
들곤 했다.
'실수하지 말아야지'라고 생각하고 되뇔수록
그 빈도가 더 잦아졌다.

사람의 뇌는 바보라서 부정의 개념을 인식하지
못한다.

"펭귄을 생각하지 마!"라고 하면
없던 생각도 떠오르는 '펭귄 효과 이론'이 있듯이

우리 천천히 하자
좀 느려도 괜찮아
세상은 생각보다 관대하니까

치열하게 살아온 너에게
잘했고, 잘하고 있고 잘 될 거라는 말을 전한다.

충고

살아가다 보면
좋은 사람을 만나게 된다.

서로 맞추어 가는 과정 속
가끔은 맞지 않는 부분도 생긴다

더 가까워지고 싶고
오래가고픈 사람이라면

최대한 상처받지 않게
조심스레 충고를 건넨다.

이 사람 자체가 싫어서
그런 것이 아니라

하나의 단점 때문에
끊어내기는 소중하니까

설령 상처를 받더라도
오래 곱씹지 말자

먼저 말 꺼내기까지
수많은 마음고생을 했을
상대의 마음을 헤아리고

그다음의 나의 입장을
정중하고 솔직히 얘기하자

분명 이러한 과정 덕분에
더 가까워질지도 모르니

나이

어릴 때는 나이가 많은 것이 하나의 권력이라 생각했다, 한 살씩 먹어가는 일은 내게 큰 감흥이 없었고, 한두 살 차이나도 존댓말을 쓰게 해 위계질서를 요구하는 위압감은 말 그대로 스트레스였던 일화가 있다.

하지만 지금은 엄연히 다르다. 나이를 먹는 것은 곧 책임감이자 부담감이다. 나는 정작 달라진 게 없는데 사회에서 암묵적으로 정한 기준에 맞춰야만 할 것 같다는 강박이 든다. 주변과 대우가 변하니 다시 돌아오지 않을 내 젊음을 담보로 걸어도 결과가 허무할까 봐 무섭다.

어떤 일에 돈을 걸고 임했다가 실패를 하게 되어도 좌절감이 큰데, 청춘은 오죽할까. 정말 내가 아무것도 아닌 사람일까 봐 두렵고 무서운 마음에 계속 조급해하며 또다시 발을 동동거린다.

오늘이 내 가장 젊은 날인 동시에, 가장 나이 든 날일 텐데. 그렇게 또 내일을 살아가는 내 일이다.

잠

잠이 오지 않아서
남몰래 소란한
내면의 공간

함께 얘기하던 사람이
슬며시 사라지기도 하며
검은색만이 고요히
깨어 있다

가끔은 설명하기
어려운 만큼
서운하고 속상한
마음이 들어도

이제는 진심으로
내가 나에게
편안함을 주고 싶다

깊지는 못해도
괜찮으니까
"잘 자 좋은 꿈 꿔."

순서

아주 작아 보이는 일에도
그만한 순서가 있는 법

그림을 그리려 할 때는
물감과 붓, 물통을 준비해
연필로 천천히
밑그림부터 한다.

요리를 할 때도
물을 먼저 올리고
재료를 넣어서
다음 단계로 가듯

성공을 위해서도
모든 과정과 순서가 있기에
불안해하지 말고
조금은 내려놓자, 우리.

힘들어

삶은 늘 견디는 순간이라 느껴진다. 턱 끝까지 힘듦이 차올라서 내 감정을 정리하기 어렵다. 누군가에게 기대는 것도 한 번이 어렵지 두 번은 쉽다는 말처럼 익숙해지고 당연시될까 봐 무서웠다.

애써 마음을 다독이며 살아가기는 하나, 언제쯤 이 시련이 끝나기만을 기다려야 할지 모르겠다.

내가 매번 힘든 이유는 상대방이 부탁하기도 전에 먼저 지레짐작해서 '이것이 필요할 거 같아.'라며 호의를 건네서 그런 게 아닐까. 혼자서 마음고생하고 슬퍼하는 이유는 나 혼자 일방적으로 주기만 하는 거 같은 허무함 때문인가 보다.

내가 그랬듯, 내 표정과 행동 낌새만 보고 알아서 눈치채 나의 상태를 먼저 물어봐 줬으면 좋겠다. 속담에서 '엎드려 절 받기'라는 말이 있듯 언질이 있어야만 이행하는 관계는 솔직하게 원하지 않는 편이다.

공생

나 자신이 하염없이
밉고 싫어지는 날이 있다.

나를 제일 많이
무시한 사람도 나였다.

참 이상하게도
남이 무어라 하면

무의식적으로
방어하게 되는 날

양면성의 내 감정
또 다른 모습들은

성공과 성장을 위한
발돋움인가 보다.

일반화

사람 관계에서
주의해야 할
말 습관이 있다.

내가 상대에게 어떤 서운함과
나름의 불편함을
느꼈을 수 있다.

그럴 때 상대방에게
"너 이러면 애들이 싫어해"
"다른 사람에게도 피해 가"라며
불특정 다수를 언급하고는 한다.

혼란스러운 상대방은
무의식적으로 자신을
보호하기 위해
방어하게 된다.

말을 꺼낸 화자도
서운할 수 있겠지만
모든 불똥이 자신에게 튀는
큰 상황을 방지해야 한다.

상대를 존중하고 있다는
정성과 노력을 들이면
설령 불가피한 쓴소리라도
고맙게 느낄 것이다.

근황

살아감에 있어 즐겁고 기쁜 기억보다는
지치고 힘들었던 날들이 더 많다.

성공은 아주 찰나의 순간이기에
그 뒤에는 늘 '다음'이 있었다.

너무 힘들어서 소리 내 울며
다 비워내고 싶은데

우는 거조차 힘들고 어려워
그 또한 노력이 되었다.

잘하고 싶고, 잘 해내고 싶으며
강해지기를 원했던 나는

결국 부서지고 휩쓸려
가루가 되어 버린 거 같다.

스스로가 답답하고
한심하게 느껴질 때면

방황을 잃어버린 것 같아
혼란스럽기 마련이었다.

내가 이렇게 힘들고
감당하기 어려운 일이 많다는 건

얼마나 더 큰 행복이
나를 집어삼키려 그러나.

그대에게

이전에 출간 준비를 하면서 학교 에브리 타임에 글을 쓴 적 있다. '책이 왜 노잼인가요?'라며 토씨 하나 틀리지 않은 채.

에브리 타임은 대학생 커뮤니티이자 익명으로 편하게 글을 쓰고 답변할 수 있다. 내게 있어서는 최대치로 객관적인 평가를 들을 수 있는 곳이라 생각해서 설령 욕을 듣더라도 기꺼이 감수하려는 마음이었다.

어떤 학우분께서 적어주신 말씀이 가장 강렬하고 큰 기억에 남았다. 영상매체의 발달로 글자만 쓰여 있는 책이 등한시된 것 같다는 말씀이다. 역동적인 애니메이션은 직관적이라 이해하기 쉽고, 재미있으니까.

책은 읽으면서 머릿속으로 계속 상상하고, 어떤 부분에서는 사색하는 과정을 겪다 보니 뇌를 사용하는 비율은 책> 영상이다. 바쁘고 수고로운 일과를 보낸 후 맞이하는 여가나 휴식시간에 하나에 집중하는 시간이 짧아진 것이다.

그럼에도 글쓰기는 인생을 의미 있게 살아가기 위해서 더없이 중요하다. 언어의 발달 이전 사람들에게 주어진 무기는 '감정'이다. 생존을 위해 협동하며 연대감을 느꼈을 테니까. 언어 이전의 느끼는 '감정'은 형태가 없기에 문법을 지켜서 적다 보면 어느 순간 평정심을 찾게 된다.

물론 살아가면서 실패할 수도 있다. 세상 어떤 사람도 실패하기 위해 도전하지 않는다. 확실한 것은 당신의 글자는 먼 훗날 아주 멋진 조각이자 역사가 될 것이라는 사실을 명심해 주었으면 한다.

그대여, 스스로를 포기하거나 업신여기지 말기를.

Chapter.2

반짝, 반짝, 빛나는 그대 : '금성'(Venus)

지구 기준에서 태양과 달, 다음으로 밝은 천체로 세 번째를 담당하고 있다. 일 년 중 한동안은 초저녁 무렵 서쪽 하늘에서 가장 먼저 나타나거나 또는 아침 동쪽 하늘에서 그 어떤 행성이나 별 보다 늦게까지 보이기도 한다.

가장 밝은 곳에 있을 때는 대낮에도 육안으로 볼 수 있는 만큼 반짝, 반짝 빛난다. 금성을 보며 떠오른 생각은 '당신 역시 빛난다는 것'이다.

세상에는 멋지고 대단한 사람들이 많다고 느껴져 간혹 비교하기도 한다. 두 번째 챕터를 읽는 여행에서는 '내면의 빛'을 함께 고찰하고 깨달아가는 계기가 되면 좋겠다.

그러자고

어떤 일을 시도할 때
명확한 정답이 있다면
얼마나 좋을까

모든 일에는 끝이 있는데
왜 기대보다는
불안함과 책임감이 클까

모두에게 주어진
24시간이라는 보편적인
하루의 시간은

무언가를 성취하는
시간보다는 꽤
빠르기 일쑤일까

나이를 먹는다는 것은
곧 눈꺼풀의 무게가
되어버린 걸까

그래도 우리
살아가자
함께

모태솔로

Q. *작가님은 남자친구 있으세요?*
A. 없습니다.

Q. *연애 경험은요?*
A. 저 모태솔로입니다.

내 나이 현재 스물두 살. 연애 경험은 없다. 좋아
하는 사람이 있는지에 대한 질문도 아직은 없다
고 답한다.

대개 애인을 사귀지 못하면 의외라는 반응이거나
때로는 무례한 이야기도 줄곧 듣곤 한다. 나의 경우
는 이성을 혐오하는지나 동성을 좋아하는 유무를
많은 사람 앞에서 공개적으로 상대가 물어봤다.

그럴 때 웃으면서 '그런 것은 아니지만, 설령 그
렇다 해도 그렇게 말씀하시는 건 큰 실례 같아

요.'라고 말하니 상대방은 얼굴이 빨개져서 도망치듯 그 자리를 피했다.

사랑에도 여러 종류가 있다. 학계에서도 여섯 가지 사랑의 분류법이라며 열정적인 사랑(eros) 부터 이타적인 사랑(agape)까지 있듯이 말이다.

지금 당장 외로움에 '내 애인은 태어나긴 한 걸까?'라며 깊게 생각할 필요도, 솔로인 친구에게 거울이나 보라며 마음을 불쾌하게 만들 필요는 더더욱 없다.

분명 내 글을 읽는 소중한 독자분들은 지치고 힘들어서 이 책을 구매하셨을 거라 생각한다. 내게 있어 감사하고 좋은 분 들이신 만큼 얼마나 좋은 사람이 오려고 마음도 옆 자리도 계속 비어 있는 걸까 싶다.

당신과 내가 우연히 만났듯이 그대의 텅 빈 마음을 채워줄 누군가는 분명 나타날 것이다. 그러니 홀로 견고히 서 있는 유리컵처럼 자기 자신의 중심을 잃지 않았으면 좋겠다.

미니멀리즘

한때 엄청나게 인기를 얻었던 '미니멀 라이프'는 시간과 물건, 집을 포함한 모든 생활 방식을 단순화시키는 것이다. 불필요한 부분은 제거하고 삶을 단순화해 환경까지 보호한다.

절제를 통해 일상생활에 꼭 필요한 적은 물건만으로 내 만족과 행복을 추구하는 것은 참 좋은 일이다. 유사한 사자성어로 '안분지족(安分知足)'이 있다.

한 손에 다 잡힐 만큼 작고 소중하게 느껴지는 손때 탄 나의 물건들은 크기와 관계없이 큰 행복을 주곤 한다. 그러니 스스로를 아껴주며 살아가기를 바란다.

이방인

가끔
내 존재 자체로
사랑받기 어렵다
느끼는 순간

분명 함께 있지만
어디에도 속하지 못해
겉도는 내가 참
밉고 한심했다.

만약
누군가 너 참
외롭고 힘들었겠다며
먼저 말해주면 좋을 텐데

사람은 혼자 설 줄
알아야 한다고 하지만
나를 아는 공간에서
혼자라는 것은 고통이다.

차디찬 바람과
고요한 적막만이
희망과 기대를 놓아주고
그렇게 고요히 잠식된다.

트라우마

잊고 싶은데
잊지 못하는 기억

내가 잘못한 것이
아님을 알면서도

다수의 비난은
끝내 스스로에게
화살을 돌려
아프게 했다.

이겨내기 위한
용기와 노력도
멋지고 대단하다
생각하지만

꼭 이겨내지 않아도
괜찮다.

가끔 지면 어떤가
나를 지켜주는
또 다른 무기가
되는 데 말이다.

혼자만의 시간

항상 밝은 모습만 보이며
살아가는 것은 힘들다.

휴대폰의 전력도
과하면 떨어지듯이

고요한 공허함은
언제나 필요한 법이다.

일적으로 사람을 상대하거나
타인에 대한 기대치가 높아져

받은 상처를 아물게 할
시간조차 잘 주지 않는다.

마음이 많이 아프고, 또 아리다
그렇게 홀로 비워낸다.

멘토

사전적 정의로는 '현명하고 신뢰할 수 있는 상담 상대나 지도자이자 스승, 선생'을 말한다. 그리스 로마 신화에서 오디세우스가 트로이 전쟁에 출정하면서 아들인 텔레마코스의 교육을 친구에게 맡기게 되는데 그의 이름이 바로 '멘토'이다.

멘토는 무려 10여 년 동안 텔레마코스를 잘 돌보아주었다. 그의 명성과 인품을 알게 된 사람들은 하나둘씩 그에 대한 칭찬을 자자하게 되었으며 이야기가 퍼져나감에 따라 사람 관계에 있어 '멘토'의 역할을 중요시 여기게 되었다.

사회생활을 하다 보면 '배울 점이 많은 사람'이라 느끼게 되는 순간이 온다. 보편적인 체제는 수직적인 직책인 경우가 다수고, 상대를 한 손가락으로 삿대질하며 비아냥거리는 일은 비일비재하다.

자기가 높은 사람인 양 가르치려고 과시하는 사람은 반감을 사기 일쑤다. 또한, 상대방에게 다정하지 못한 사람은 오래가지 못한다.

함께 있으면서 자기 자신에게는 엄격하지만 타인에게는 관대한 성격을 가진 사람은 분명 있다. 그들은 가르치려 하지 않고 상대방을 항상 존중하며 겸손한 태도를 보인다. 그런 사람에게는 '나도 저렇게 해야겠다'는 마음이 들며 존경심은 알아서 따라오게 된다.

스스로 깨달음을 얻게 해 주는 현명하고도 내 삶에 스며드는 그러한 사람. 남을 먼저 존중해야 나도 존중받듯 우리는 서로의 멘토이자 멘티가 되는 상호 보완적인 세상을 살아가야 한다.

나비효과

고등학교 3학년 수험생 시절, 국어 교재 이름이 '나비효과'였던 책이 한 권 있다. '나비효과'라는 개념을 굉장히 흥미진진하게 들었던 기억이 있는데, 카오스 이론에서 나비의 날갯짓이 지구 반대편에서 태풍을 일으킬 수 있다는 내용이었다.

즉, '초기 조건의 사소한 것이 큰 전체를 가져오는 것'이다.

내가 흥미진진하게 느꼈던 이유는 '아주 작은 내 존재가 과연 세상에 기여할 수 있을까?'라는 의문에서 비롯되었다. 가끔은 하고 있는 일에서 막연한 불안함을 느끼게 되기 마련이니까.

그럼에도 '나는 성공할 사람'이라 되새기며 자기 암시를 건다. 의식적으로 생각하면서 내가 통제할 수 있는 영역에 집착한다.

분명 세상에 크게 기여할 수 있는, 선한 영향력을 가진 사람. 이 글을 읽는 당신에게 신의 가호가 있기를 바라본다.

명제

어두운 밤이 와도
이겨낼 수 있는 이유는

아침이 온다는 것을
알고 있기 때문이야

네가 노력하고
애쓰고 있는 모습은

분명히 잘 될 사람이라는
참인 명제야

설령 누가 너를
비난하고 뭐라 하면

그것은 거짓 명제야
네가 얼마나 잘하고 있는지

알고 있어

쉼

―

언제부턴가
쉬는 게 더 어려워졌다.

매사 불안해서
확신조차 서지 않았다.

누군가의 삶을
서로 대신 살아줄 수는 없다.

그럼에도 우리는
각자의 선택을 존중한다.

언제든 뒤돌아봤을 때
든든한 편이라 느낄 수 있는

그러한 사람이 되어야겠다
당신의 쉼터이자 사람으로.

자기 만족

어떤 일을 행할 때면
늘 너의 만족으로 했으면 해

진정 원하는 일이 있을 때
노력해서 살아간다면

인맥과 돈은 알아서
따라올 거라 굳게 믿어줘

설령 너의 삶에서
누군가 떠났다면

머지않아 새로이
좋은 인연이 올 테니까

혼자 상처받으며
잘해줄 필요 없어

네가 일방적으로
주는 관계는 아니야

분명 기억을
잘 되짚어 본다면

많은 사랑을 받고
있었다는 걸

꼭 기억해 줘
다시금 명심해 줘

그 사람들한테만
잘해도 충분해

"잘하고 있어 넌"

관계의 철학

친구와 학교가 세상의 전부라 느껴지는 10대의
시절은
내게 있어 말 그대로
잔인하기 그지없었다.

매번 저울에 올라가
선택을 받아야만 생존하는 삶이란
비참하기 따로 없었다.

한때는 사람이
무서워서 피하고는 했다.
급 나누는 것은 인간 본성이라는데
나는 늘 최하위였다.

그러나 현명한 대인관계는
한 사람에 대해서
'좋다'나'싫다'는
이분법적 요소로 구분하지 않는 것

윤리에서도 더도 말고
덜도 아닌 딱
'중용'의 상태를 중시하고
가만히 있으면 반은 간다는 말처럼

적으로 삼지는 않되, 가깝지 않은
밖에 있지만 혼자 있는 게 좋은
상태가 제일 좋다
안정적이다.

칭찬

요즘 들어 세상에
정나미 없다고
느꼈던 것은

선한 의도로
칭찬을 한 사람을
'가식'과 '아부'로 치부하는 것

당황스럽고 놀라서
머리가 새하애지는
누군가의 순수한 마음은

쉽지는 않겠지만
무례한 사람에게
물들지 않았으면

많이 힘들고 지쳤겠네
어떤 말로 감히
위로할 수 없겠지만

사람의 본성은
잘해주면 나온 다듯이
'이제라도 알아서 다행이다'

내가 나를 칭찬해 주고
시간과 돈을
아낌없이 투자해 주자

하얀 장미

꽃말은 '존경'과 '존중'

이 장미를 받고
더 예쁘게 물들을
그대의 색이 궁금해
알아가고 싶어요

당신이라는
사람의 세상은
무슨 생각을 하고
어떤 시를 쓰고 있을까

내가 감히 들어가
궁금해해도 될까요
진한 향을 내는
그대

내 마음을 담아
크게 외쳐볼게요

"응원해요"
정말 많이

영원의 미학

한때는 영원하지 않다는 것이
큰 상처가 되고는 했다.

평생 친하게 지낼 거라
약속했던 친구와 멀어졌던 일이
내게는 큰 충격이 되었다.

유명한 노래 가사 중에
"영원한 건 절대 없어. 결국에 넌 변했지"
"새끼손가락 걸고 약속했었던 네가, 결국엔"

영원하지 않음이 있기에
참으로 좋은 일은 있다.

분명한 배움은
어디에나 존재한다.

끝이 정해져 있기에
다시금 견딜 힘을 얻었고

지금 이 순간, 곁에 있는
내 사람에게 집중해서
최선을 다할 수 있다.

그러니 우리,
영원하지 않음을
사랑하자

영원히

경각심

같은 잘못을
반복하지는 않을까
상대에게 피해 주기
원치 않은 날

막연한 염려와
불안에 종속되자
내가 나를 미워하고
한없이 자책한 날

아, 그럴수록
깊은 우울에 빠져
하염없이 허우적대다
문득 느낀 깨달음은

'내가 잘하고 싶구나'
'좋은 사람이길 원하는구나'
그래서 네가
스스로를 통제했구나

"애썼다"

나무

너는 나무야
아름드리 개화할
그런 나무

창대하게 자랄
나무일수록
많은 눈물을 필요로 하고

아름다움을 지닌
나무일수록
새들이 쪼아 상처가 나듯

너는 굳건히
너의 자리에서
거센 비바람을 맞아도

스스로의 뿌리를 믿고
더욱 강인해지는
나의 나무

시련이라는 손님

분위기 좋은 곳에서
포크와 나이프를 들고
식사를 하다 보면

먼저 예약해서
기다림 없이
편히 앉아있는 사람도 있고

너무 인파가 몰린 탓에
긴 시간 순서를 기다리는
사람 역시 있다.

가끔은 언제까지 기다려야 하냐며
언성을 높이는 사람도
꽤 보고는 한다.
뻘뻘거리는 땀 뒤로

난처해지는 누군가의 모습과
애써 웃으며 대하는 표정

그럼에도 꿋꿋이
일 할 수 있던 이유는
'지나감을 알기 때문이었다.'

지금 겪는 시련은
당신이 싫기 때문에
곁에 있는 것이 아니다.

언젠가는 떠날 손님이기에
함께 있는 시간 동안
감사히 겸손히 배운다면

머지않아 떠나가실 때
성공이라는 여운을
남기실지도 모른다.

목적지 설정 완료

정말 간절하고 이루고자 하는 목표가
분명한 사람이 있다.

그런 이들에게 남들의 말은
아예 신경 쓸 겨를조차 없다.

필요한 조언은 받아들여야 하지만
무례한 말은 바로 잊어버리는 게 좋다.

내 존재 자체가 성공을 향한
내비게이션이라는 믿음이다.

이월

벌써 새로운 달이
오고야 말았다.

분명 올해의 시작이
어제 같은데 말이다.

참 시간이 빠르게
느껴지는 요즘

아무리 힘들고
지쳐 포기하고 싶어도

행복만큼은 절대
내일로 이월하지 말자.

가치관

내가 유명하지 않다는 이유로
대놓고 '누구야?'라며
비아냥거리는 사람이 있다.

죽을 각오로 노력해
일구어 낸 결과가
반응이 적기도 했다.

그럼에도 묵묵하게
내 편이 되어주는
고마운 사람들이

절대 작은 이들이
아님을 알기에
항상 감사하고 과분하다.

같은 하늘 아래에서
이렇게 만난 것은 기적
동력 삼아 나아가야겠다.

Chapter.3

살아 숨 쉬기에 희망이 있는 : '지구'(Earth)

　우리가 살고 있는 푸른 행성 지구, 우주에서
본다면 바다와 산, 흙, 구름이 조화를 이루고
있습니다. 구역은 대기권과 수권, 암석권 및 내
권으로 나뉘는데 그중 대기권은 '지구를 둘러싸
고 있는 대기의 층'으로 지표면에서 약 1000km
까지의 공간을 말합니다.

　인간이 활동하는 영역인 대류권은 지표에서
약 10km까지로, 1km씩 올라갈수록 평균 6.5℃
씩 낮아지며 대기의 주 성분은 질소(77%)와 산
소(21%)가 대부분입니다.

　만물은 살아 숨쉬기에 희망이 있고 누군가의
내일을 내 일처럼 응원하게 됩니다. 이번 세 번
째 챕터의 여행은 당신에게 "살아있어 줘서, 살
아와줘서 고맙다."라는 말을 전합니다.

무의 상태

인생에서
선물 같은 순간은

마음이 비어 있는
'무의 상태'에서 온다.

예고도 언질도
아무것도 없는

감히 바라지 못하고
가능성조차 사치였던 날

별거 아닌 하루 같아도
특별한 전환점이 될 테니

내일을 후회 없이 살아가자
계속, 계속, 꾸준히

일교차

부담감과 책임감이
낮과 밤처럼
연속되는 날 들이라
평정심을 유지하려
애써 노력해도
마음처럼 잘 안돼
깊게 생각하기보단
그냥 단순히 즐길까
애 많이 쓰는 것보다
별거 아닌 척이 더 나을까

해변

우리 떠나보자
움직임을 멈추지 않는 파도의 모습
흔적이 새겨진 모래 속의 별자리
너와 나 우리 둘이 손잡고
바람을 가로질러 뛰거나 걸어볼래
심심하다 싶으면 나뭇가지 하나로
모래 위에다 이니셜을 그려보고
조개껍데기 하나둘 씩 주워
그 틈 사이로 윤슬을 눈에 담아
밤이 되자 찬란하게 타오르는
사랑 가득 불꽃놀이들

인과 연

마음이
마음대로 되지 않는
마음이지만

우연이란 이름으로
한 번 더 보고 싶은
인연이라서

공격과 방어

사람 사이의 관계가
공격과 방어로 느껴진다.

정을 줬는데 정작 나는
상처만 받아왔던 날

내가 좋아한다는 사실이
상대에게 상처일까 봐

회피하고 차단하고
마음의 동굴로 들어갔다.

내 진짜 마음은 그게 아닌데

나도 챙김 받고 싶었던 건데
사치라고 느껴지는 날들이라서

사랑을 갈구했고 안정감이 필요했던
착한 아이 콤플렉스

이분법적 사고로 매겨진
누군가에 대한 좋다 싫다

이제는 좀 내려놓을까
온전히 나를 위해서

살고 싶다는 말

저는 화가입니다
살고 싶어서 그렸습니다.

저는 화자입니다
살고 싶어서 그었습니다.

'살고 싶다'는 말보다
간절한 말은
없었습니다.

위인전

어린 시절
집 책장을 가득 메웠던
갖가지의 위인전

이를 읽는 이유는
본받고 싶다는 마음과

인물의 삶이
순탄하지 않았음을 알기에

그들이 극복한 성취가
더욱 값지게 느껴진다.

아샷추

한때 큰 유행했던
아이스티에 샷 추가

한 입 마셔보니
달다가도 쓴맛

내 취향은 아니지만
인생을 음료로 표현하면
단언컨대 아샷추 아닐까

달다가, 썼다가
섞였다가 오묘한
그럼에도 마실 만한
내 삶에 역경 잠시 추가

갓생

인스타그램이나 유튜브 등
SNS를 들어가 보면

'갓생 살자'나 '갓생 사는 법'등의
문구가 많이 보인다.

'갓생'이라는 용어의 의미는
신을 의미하는 'God'과
인생을 뜻하는 '생'의 합성어로

부지런하고 타의 모범이 되는
삶을 뜻한다.

열심히 사는 것은
너무나도 좋지만
마음과 달리 몸의 그릇도

감당할 수 있게

가끔은 여유를 갖고
쉼을 통해 비우며
스스로를 사랑하며
살아갔으면 좋겠다.

바다 보러 갈까

바다 보러 갈래?
계속되는 감정 기복과
쌓이는 힘듦 털러

괜히 남에게 짐 될까 봐
몰래 연락을 끊고
속앓이 하고는 했던 날

아무것도 안 해도 좋아
바다의 잔잔한 모습과
일렁이는 파도를 보면

요동치던 내 감정처럼
마치 동화된 기분이라
큰 위로가 될 거야

네가 행복했으면 해

그게 내가 진짜로

바라던 바다.

숨

—

한때 인터넷에서
'들숨에 재력, 날숨에 건강을'이라는
문장을 보고 깔깔 웃었다.

생존을 위해 의식하지 않아도
매일같이 행하는 숨쉬기처럼
아무 노력 없이 일확천금이 온다면

아, 얼마나 좋을까

우리가 내쉬는 숨이
바쁜 일상에 등한시되더라도
사실 얼마나 위대한 일임을
다시금 상기시켜주고 싶다.

산소를 마시고, 이산화탄소를 내뱉고
좋은 것만 소화시키자
나쁜 건 다 뱉어버리고.

인과응보

누군가 나를 싫어하면
무의식적으로 신경이 곤두서며
예민해지게 된다.

내게 상처 준 사람이
자기가 한 일을 돌려받아
내가 보는 곳에서 망하길 바랐다.

삶은 야속하게도
그는 행복해 보였고
탄탄대로만 펼쳐진 것 같았다.

권선징악도 결국
없는 말일까 싶어서
세상이 밉고 정나미가 떨어졌다.

어쩌면 인과응보는
'나를 싫어하는 사람을
나도 싫어하는 것' 같다.

깊이

얕으면 다가가고 싶고
어느 정도 깊어지면
더 욕심이 난다.

물속에 존재하는
다양한 깊이
마치 수심처럼

사람 관계도 언제나
깊이의 높낮이가
존재하고 있어

넘어도 되는 선 보다
넘지 말아야 할 선이
훨씬 많이 존재한다.

쉼

—

지금 네가 잘하고 있는지
가늠도 안 잡힐뿐더러
쉬는 게 더 어려웠겠다.

내가 네 삶을
대신 살아줄 수는 없지만
진심으로 응원하고 있어

언제든 뒤돌아보면
든든한 편이라 느낄 수 있는
그러한 사람이 돼 줄게

힘들면 언제든
내 곁에서 쉬어가
다 괜찮을 거야

괜찮아질 거야

맺고 끊음

어떻게든 잘해야 한다는 생각에
안 맞는 관계를 꾸역꾸역 삼켰다.

언제부턴가, 끊어내야만
편한 관계가 있다.

단절로 인한 만족을
느끼게 된 순간

최소한 피해받지 않는
최대의 내 행복을 위해

가끔은 과감하게
올인.

인스타그램

손가락 터치 하나로 희비가 갈리는 공간.

해외여행을 다녀온 사람
명품 물건을 치장한 사람
스토리에 푸념하는 사람
서로 저격하며 헐뜯는 사람

너무나도 다양한 성향의
사람들이 있기에
그들을 보며 스스로
동정하거나, 질투하기도 했다.

나의 순간적인 모든 감정은
떼려야 뗄 수가 없어서
가끔은 벅차기도 했다.

유명한 가수인 테일러 스위프트가
'상대의 하이라이트와
나의 비하인드를 비교하지 말 것'이라 했던 말

어느 누구도 대신 살아줄 수 없는
나의 삶을 등한시하지 말고
아껴 주고, 사랑해 주기로
굳게 다짐할 것.

혼자만의 시간

마냥 밝은 모습으로만
살아갈 수는 없어

휴대폰의 전력도
과하면 떨어지듯이 말이야

고요한 공허함은
무척 필요하기 마련인데

상처가 아물 시간조차
잘 주지 않는 세상이라

마음이 많이 아프고
또 아리더라도

혼자 있음을
부끄럽게 생각하지
않았으면 해

성장하기 위해
꼭 필요한 시간이라
확신해

휴지통

한 번씩 그런 날이 있어
여러 장의 사진을 찍어도
스스로에게 만족하지 못하는 날

후면 카메라에 찍힌
내 모습이
잘 나왔다고 하는데

믿기지 않는 광경에
남몰래 내 사진을
지우고 또 지우다

한 장도 만족하지 못한 채
휴지통에 가득히
쌓여만 갔던 날

시간이 흘러 다시 마주한
내 사진들은
지나고 보니 참 예뻤다

왜 미처 몰랐을까
복구하면서
못난 날도 못난 나도
어디에도 없던 날

황혼

낮도 밤도 아닌
무언의 시간 속

어쩌다 닿은
당신이라는 세상

해 질 녘 저녁
품은 바다 너머

낮에도 떠 있는
달을 품으며

시간이 멈췄으면 하는
내 간절한 소망이

마치 일렁이는
윤슬 같은 이 시간

영감

내내
재촉할수록
멀어지는

개구쟁이 어린아이 같은 존재

뭐든 무엇이든
천천히 하다 보면
어느새 따라와 있을까

나무 밑 그늘에
앉아있는 노부부처럼

클래식

이따금씩
클래식의 향을
온전히 느껴보고는 한다

잔잔하면서도 흐르는
손끝의 모든 요소들을
온전히 느껴보고는 한다

흔들의자에 기대어
한 손씩 들고 있는
책 한 권과 커피 한 잔

지쳐있던 내게 전하는
소중한 선물 같은 시간을
다시금 음미하고는 한다.

근원

안에 있는 숫자를 제곱하면
방해물 같은 근호가 사라진다

삶이 무서워 늘 회피하고 숨던 내가
같은 상처를 겪은 너를 만나
작은 세상에서 비로소 나왔다

또다시 상처받을까 싶어
겁이 나기도 했지만
우리는 더 큰 세상을 맞이했듯이

너는 내 삶에
없어서는 안 될
뿌리다

사내연애

티 내지 않으려고 하는데
다 알고 있는 그런 거 있잖아

어떻게든 민폐 안 끼치려
내 선에서 해결하려는데

마음처럼 잘되지 않아
여러 번 바람을 쐬기도 하고
미친 듯이 일만 하던 날

잠깐이라도 여유가 생기면
감정이 물 밀리듯 밀려와
끝내 터져버리는 울음이라서

내가 내 감정을 통제 못해
주객전도되는 삶이 싫어

스스로가 참 미웠던 날

아, 사실 다 알고 있었구나
하지만 배려하려고
아무 말 안 했었구나

힘듦을 참고 사는 삶
그럼에도 티 나는 모습
어찌 보면 사내연애 같아

아무도 모를 거라 생각했는데
다 알고 있으니까.

행실

유튜브 알고리즘에서 한 유명 기획사의 대표가 연습생들을 대상으로 '인성 강의'를 하는 모습을 봤다. 그는 '인성'이란 사람의 성품이고 춤과 노래를 잘하는 것도 중요하지만 그전에 좋은 사람이었으면 한다는 바람을 보였다.

첫째, 진실이다. 욕과 비속어를 사용하는 일이 비일비재한 경우를 많이 본다. 이전에 한 사회 실험으로 '욕 사용 안 하기'라는 내용에서 5분도 채 지나지 않고 습관적으로 사용하는 것을 보았다. 즉, 조심할 게 없는 사람이어야 한다는 내용이다.

두 번째, 성실이다. 같은 일을 반복하다 보면 싫증이 나고 지겨워지는 순간이 있다. 적은 노력으로 큰 결과를 얻어내고 싶지만, 세상은 그렇게 호락호락하지 않다. 이따금씩 노력을 많이 하지 않고도 좋은 성과를 내는 타고난 재능을 가진 이를 여럿 보며 주관적으로 불만을 토로하기도 했다.

그러나, 이들은 오래 못 간다. 짧게 보면 별 차이가 없겠지만 멀리 보면 엄청난 격차가 존재한다. 사람의 뇌는 생존을 위해 실패를 거부하지만 그럼에도 노력하고 애쓰는 이유는 '성실하게 살아가는 마음'이 중요하다는 걸 다시금 되새긴다.

세 번째, 겸손이다. 내 주변 사람들에게 '마음'으로 감사해야 한다. 내 주변 동료들과 선・후임들 등등. 누군가 내게 호의를 베풀며 잘해주면 익숙함에 속아 당연시 여기지 말아야 한다. 왜냐하면 사람에게는 필연적으로 통제할 수 없는 위기가 온다. 사자성어의 사면초가라는 말이 있듯 혼자서는 그 위기를 빠져나올 수 없다.

그러므로 사람에게는 '행실'이 가장 중요하다. 타인에 대한 존중과 배려, 감사를 항상 새기고 사는 이들은 굳이 과시하지 않아도 알아서 인정받는다. 언젠가 큰 시련이 다가와도 베푼 덕은 분명히 돌아올 테니 착하게 살아도 되고, 착하게 살 것이다.

폼클렌징

고단한 하루의 끝을
거울 앞에서 씻어낸다

불안과 걱정 모두
하염없이, 끊임없이
사라지도록

거센 손길로
문질러 본다
계속, 계속

부디 내가
잠을 청할 수 있게
도와주렴

가해자

나를 싫어한다는 이유로
합리화할 수 없는 폭력을 가한 너

굳이 때리지 않았다며
잘못을 미화하는 너

나에 대한 안 좋은 이야기로
은근히 소외시켜 따돌리고

돌려 말하면서 교묘하고
영악하게 행동하는 모습

어른들은 학교 다닐 때가
제일 예쁘고 좋다는데

나는 싫어
돈 준다 해도 안 해

너는 옛날 일이라며
미화하겠지
장난이라 생각하겠지

그래서 나는
네가 미워
내가 아팠던 만큼
너도 그랬으면 좋겠어

열심히 살았다고 생각했는데,

정작 얻은 것은 공허함이었다.

일몰

너와 함께 바닷가로 가
일몰을 보고 싶어

찬란하고 반짝이던 낮
저물어 가는 해를 보며

어둡고 불안한 밤을
기꺼이 마주하는 이유는
다시 떠오른다는 걸
알기 때문이니까

분명 어둠 같은 시련도
머지않아 성공이
다가올 거라는
신호라 믿을래

그러니 포기하지 말자
분명 잘 될 테니까
아무도 알아주지 않아도
잘하고 있으니까

Chapter.4

가끔은 화 내고 살아도 돼 : 화성(Mars)

    화성은 태양계의 네 번째 행성으로, 산화철로 인한 붉은빛이 감도는 사막 지형을 가지고 있다.

    지구를 제외한 태양계 내 모든 행성 중 표면 탐사가 가장 많이 이루어진 행성이다. 물의 존재가 확인되고 테라 포밍(*행성을 개조해 인간의 생존이 가능할 수 있게끔 지구화하는 과정)의 가능성이 점쳐지는 등 인류 문명의 우주 개발에서 중요시 여겨진다.

    생명체의 존재 가능성이 과거부터 논의되고 있으나 아직까지는 발견된 바가 없다. 화성 특성상 표면 온도의 평균 수치가 지구의 남극 수준으로 낮은 데다 대기도 희박하고 태양풍을 막아주는 행성의 자기장도 약해 고등 생명체가 살기에는 여전히 혹독한 환경으로 보인다.

화성의 특성을 보며 '가끔은 화내고 살아도 돼'라고 말해주고 싶다. 혼자 참고 속앓이하기보다 어느 정도 표현할 줄 알아야 스스로도 속 시원하고 상대 역시 이해할 수 있기 때문이다. 착할수록 만만히 보거나 호의가 계속될수록 권리로 아는 비일비재한 일들을 다 통제할 수는 없겠지만 내가 내 감정에 대한 인식과 표현은 어느 정도 알아차림으로써 건강한 화를 내도록 이 책을 보며 위로와 용기를 얻어 갔으면 좋겠다.

긍정 참 싫다

다들 완벽하지 않기에
실수하는 세상이라
그렇게 성장한다

어떤 상황을 겪어도
'긍정적임'을 강요받는 것 같아
그게 참 싫다

좀 속상해하고
서로 보듬어주며
위로하기는 어렵나

가끔은 공감과
위로가 참 필요한데
말이다

긍정 참 싫다

삶은 원래 웃겨

삶은 달걀이라고 했던가
나라는 계란과
세상이라는 바위
달걀로 바위 치는 느낌

못 하고 싶은 사람이
세상에 어디 있나
잘하고 싶은데
노력하는 것인데

분명히 노력에 비해
결과가 잘 안 나오는
허무한 상황도 있겠지

그럼에도 매 순간
최선을 다하면
뒤돌아봤을 때
후회는 없을 테니

삶은 원래 웃겨
역설적이고

무기력

열심히 살려고 노력해도
가끔은 아무것도 하기 싫고 온통 기운이 없다.

침대에 누워 나 자신에게 '왜 사냐'고 자책하던
나, 입맛도 없어서 아무것도 들어가지 않고 하염
없이 멍을 때리다 이내 눈물을 흘리고 말았다.

한없이 기운이 안 나는 데 일어나야 한다는 것
을 알면서도 힘든 순간이라, 언제쯤 정말 괜찮아
질까?

참 힘들다.

나태한 나

나는 내가
참 밉고 싫었다

사람들이 뭐라 해도
나도 내 편이 되기는 힘들었다

아무것도 하기 싫고
쓸모없는 사람이라며

왜 태어났냐고
자책하곤 했다

지금 잠시 겪는 감정은
결코 영원하지 않아
네가 하고 싶은 대로
살아도 좋아

힘들 때 쉬더라도
포기하지는 말자
온 마음 나해
응원하고 있으니까

실수와 대처

 간혹 실수를 할 때면 얼굴이 빨개지고 어떻게 해야 할지 잘 몰라서 몸이 버벅거린다. 가장 힘든 것은 내가 스스로에게 책망하는 것이었다.

 사람은 로봇도, 기계도 아니기에 실수할 수 있다. 그러나 어떻게 대처하느냐에 따라 그 사람에 대한 평가가 달라진다.

 천천히 해도 돼, 좀 기다려도 돼
 평정심을 가지며 의연해지자
 발만 동동거린다 해서
 해결되는 것은 없다.

의연함

사전적 정의는 '의지가 굳세어서 끄떡없다'는 뜻을 가진다. 주로 우직하게 한 우물을 판 사람들에게 많이 쓰이는데, 살아감에 있어 모두에게 필요한 '덕목'이라 생각한다.

삶을 살아감에 있어 '포기 역시 용기'라고는 하지만 자꾸만 포기하는 습관은 정말 위험하며 피해야 한다고 생각한다.

포기를 일삼게 되면 그 또한 습관이 된다.
끝내 스스로를 놓게 되는 절망적인 상황과 자기주관 없이 타인에게 휩쓸려 전도당하기 쉽다.

그러니 우리 포기하지는 말자
어떤 일을 죽을 각오로 도전했는데 안 된 것은 내가 통제할 수 없는 하늘의 영역일지도 모른다.

최선을 다한 이에게는 진심 어린 박수와 또 다
른 곳의 낙원, 충분히 만족스러운 상황이 펼쳐질
테니 우직하고 의연하게 살아가자

나무처럼

무시

무시는 내 생각보다
큰 힘을 갖고 있다

먼저 시비 거는 사람에게
무시로 대꾸한다면

'내가 너무 만만한가?'
'내가 우습나?' 등등
약하게 보일까 봐
걱정할 수 있지만

절대 아니다
정말 현명한 거다

당신 생각 이상으로
상대는 큰 타격을 받는다

무시해도 되는 사람은 없지만
무시해도 되는 '상황'은 있다.

경고

살아가면서 위기와 고난을 겪을 때 나 몰라라 하며 내 곁에서 발뺌한 이들이 있다. 당시에는 의무도 아니고 강요도 아니니 어쩔 수 없다고 생각했지만 사실 많이 서운했다.

그러나, 점점 잘 되기 시작하면서 주변의 대우역시 180℃ 바뀌기 시작했다. 정작 나는 변한 게없는 것 같은데 말이다.

과거일 뿐이라고 들먹이며 친함이라는 무기로 망각을 요구하는 무례함과 뒤 끝이 심하다는 명분으로 나의 예민함이라 치부하며 몰아가는 이들에게 경고를 권한다.

너의 진짜 모습을 봤기 때문에 내 사람이라 생각하지 않아. 특히나 잘 지낼 때 다가오는 사람들

은 속을 알 수 없으니 너무 맹신하지 않도록 마음
을 조절하며 살아가야 한다.

단수 말고 복수

사람에, 일에
정말 많이 힘들었지

알아 이해해
진짜 복수하고 싶었을 거야

내가 보는 앞에서
진심으로 사과하거나

아니면 정말 크게
망해버렸으면 해

참 아이러니하게
내가 미워할수록

더욱 아프고 힘들며
영혼이 멍드는 듯해

진짜 밉고 짜증 나고
생각 안 하고 싶은데
떠올라

미칠 것 같고
답답한 와중에도

나는 네가
더 잘 됐으면 해

보란 듯이 더
잘 살았으면 좋겠어

해명

모두에게 사랑받을 수는 없다

사람들의 비난을
하나하나씩 해명하려
애를 쓰다 보면
결국 내 삶이 망가진다

다수에게 착한 사람으로
남으려는 욕심에
억지로 노력할 필요도
전혀 없다

그러니 신경 쓰지 말고
풍류를 즐기자
적이 알아서
떠내려 올 테니

인스타

미디어 시대인 만큼 SNS 역시 이용자가 많은 추세다. 특히나 요즘은 번호 대신 인스타를 물어보기도 하고, 얼굴만 알아도 바로 맞팔로우 하자는 제의가 온다.

정말 이 사람과 아무것도 없거나 친해지고 싶었던 사람, 나름의 호감이 있는 사람은 괜찮은데 요즘은 언팔로우하거나 차단만 해도 화내는 사람이 있어 참 피곤하다.

사람의 대인관계는 '좋다'와 '싫다'라는 이분법적 요소가 아니라 '안 친함-친해지는 중- 친함-꽤 친함- 매우 친함'처럼 다양한 바운더리가 존재하기 마련이다.

스토리 기능 중 선택한 친구만 보게 하는 친한 친구 기능 포함 유무나 본계 말고 부가적인 계정 (이하 부계) 팔로우 승인을 하지 않았다는 이유로 먼저 말 꺼내며 문제 삼는 사람을 진심으로 피하고 싶다.

이 사람 자체가 싫은 게 아니라, 내 나름의 사생활을 직접적으로 보여주기에는 다소 아니라고 판단되는 마음의 무게가 있어서

차단을 하던 언팔로우를 하던 과할 정도로 SNS 하나에 큰 의미 부여와 싸움으로 번지는 행위는 자제했으면 좋겠다.

정말 진심으로 그런 사람들은 대면하기도 싫다.

자기혐오

가끔은 말이야
위로보다 욕이 더
듣고 싶을 때가 있다.

사실 아닌데

당장이라도 무너질 것 같아
내 힘듦을 토로하기에는
상대방이 부담이 될까 봐 두렵다

누가 나를 끝까지
잡아줬으면 좋겠지만
감히 바랄 수는 없어

내가 나를 놓는다
계속 계속
또다시

미워해줘서 고마워

인생은 참 신기하다

미움을 받으면
꽤 괴롭기도 하다가
이내 동력이 됐다

나름의 자극제가 되어
더 크게 성장하는
발판이 됐다

내가 통제할 수 없는
일들도 꽤
비일비재하지만

내 발전과 내 행복으로
삼아봐야지
마음껏

홍색 별

저기 저
어두운 밤하늘에

홀로 붉은빛을 내는
홍색 별아

참 특이하고도
아름다운 모습이

다르다는 이유로
함께 어울리지 못해

참으로 비통하고
안타까운 일이야

너를 바라보는 이들은
네가 얼마나 특별한지 알기에

울고 있을 네게
초승달 같은 미소로 화답하노라

인연

사람 인연은
어떻게 될지
한 치 앞을 몰라서

함부로 끊어내기도
쉬이 친해지기도
참 어려운 날들이네

화

'화를 내는 데 오히려 더 만만히 봐요.'

살면서 이보다
더 화가 나고
억울한 상황과 감정은 없다.

화를 내는 것도
큰 용기가 필요한데
되려 남이 만만하게 본다면

'현명하게 화내는 법'을 알아야 한다.

첫째, 내가 생각하는 나와
남이 생각하는 나 사이
괴리감을 줄이는 것

나는 내가 착하다고 생각하지만
남은 그렇게 생각하지 않을 수 있다.

예를 들어, 친하지 않은 친구가 걱정돼
'너 스타킹 구멍 뚫렸는데 괜찮아?'라고 말하면
상대 입장에서는 '얘가 나를 무안 주나?'라고
생각할 수 있다.

물론 상황과 어조에 다라 차이가 있지만
마음의 거리가 먼 만큼 오해를 사기 쉬워

나에 대한 평판이 어느 정도인지
수없이 많은 자기 객관화를 습관 삼아야 한다.

두 번째로 상처받기 싫은 마음에
자기만의 '선'을 넘지 않는 사람들이다

화를 낼 때는 스스로 정한 선을
넘을 줄도 알아야 한다

상대방이 상처받을까 봐 조심스러워
걱정하는 마음은 정말 좋지만
사람을 봐 가면서 잘해야 한다

솔직히 무섭고 두려운 마음에
겁나는 마음은 이해하지만
나를 지키기 위해서
화는 필요하다.

예를 들어 내가 돈을 훔쳤다고
억울하게 누명을 썼는데
가만히 있을 사람은 없다.

누명 쓴 사람처럼
화도 똑같이 격렬하고
진심으로 나를 보호하기 위해서
가끔은 화내고 살아도 된다.

Chapter 5.

무한한 가능성을 가진 내면 : 목성(Jupiter)

　태양에서 다섯 번째로 가까운 행성으로 태양계 행성 가운데 가장 큰 천체이다. 1610년 갈릴레이가 발견하였으며 66개의 위성이 있다. 공전 주기는 약 11.86년, 자전 주기는 약 9시간 55분으로 질량은 지구의 317.83 배이다.

　가장 큰 천체인 만큼 당신 역시도 얼마나 무한하고 큰 가능성을 가진 사람인지 꼭 말해주고 싶었다. 얼마나 빛이 나는지, 본받고 싶은지 말이다.

　문득 살다 보면 스스로 목적을 잃은 것 같은 느낌을 받을 때가 있을 것이다. 그럴 때마다 의식적으로 '나는 성공할 사람'이라며 말해주자. 말의 힘은 생각보다 크며 꽤 많이 긍정적일 테니. 66편의 모든 문장이 당신을 응원하고 있다.

순서

아주 작은 일에도 순서가 있지, 아기가 태어나자마자 바로 뛰는 게 아니라

목을 가누고, 몸을 뒤집고, 기어가다 걸음마부터 차근히 하다 넘어지고 다시 일어나듯이

모든 일들도 다 똑같은 것 같아. 그림을 그리거나 요리를 할 때도 마찬가지로 '준비 과정'은 필요하니까.

우리, 너무 조급해하지 않아도 괜찮을 것 같아. 나만 빼고 다 앞서 나가는 것 같아서 문득문득 불안한 마음이 들더라도 차분하게 내려놔도 좋아. 조금은 마음 편히 나 자신을 믿고 기려보자

다 괜찮을 거고, 괜찮아질 거야

가능성

노력한다고 해서 다 성공하는 것은 아니지만 노력하지 않으면 아무것도 해 낼 수 없다.

모든 사람에게는 가능성이 내재되어 있고, 어떻게 활용하는가에 따라 어여쁘고 값진 보석이 될 수 있다.

그러니, 정말 이루고 싶은 일이 있다면 성공 유무에 상관없이 도전했으면 좋겠다. 설령 실패하더라도 일이 실패한 것이지 나라는 사람 자체가 실패한 것은 아니니까 말이다.

자기 객관화

요즘 나는 '내가 생각하는 나'와 '남이 생각하는 나'와의 간극을 맞추기가 참 어려워. 그래서 가끔은 어떤 장단에 맞춰야 할지 잘 모르겠고, 최선을 다해서 내린 결정이지만 나의 선한 의도와 달리 왜곡되어 답답하기도 했었어.

어떤 날에는, 분명 나는 내 능력이 부족하다 느껴지는데 주변의 과대평가와 누군가의 시기가 참 부담스럽고 불편해서 잘 못하면 욕먹고 지탄받게 될 상황이 무서워.

반대로, 나는 열심히 했는데 인정받지 못하니 답답하고 힘들었던 날,
참 웃기고 역설적이야.

분명히 살아가면서 내가 통제할 수 없는 일들이 있겠지만

'나'라는 사람을 진짜 정의할 수 있는 사람은 나밖에 없다는 걸 명심해 줘.

사람 관계

아빠가 말씀하시기를
관계를 오래 유지하기 위해서는
고마운 사람보다
필요한 사람이 될 것

모두가 나를 좋아하지 못해도
필요에 의해 떠올려준다면
꽤나 의미 있지 않을까

인맥에 목맬 시간에
나를 개발해야지
잠시 멀어지는 인연들도
다시 닿고 싶을 만큼

일기

나는 외로움을 많이 타고 조급한 성격이다. 아무리 차분해지려고 애써도 마음대로 되지 않아 답답했다.

나마저도 나를 싫어하게 되니, 채워지지 않는 공허함에 힘들었다. 문득 '일기를 써 보면 어떨까'라는 생각이 들었고, 20대의 시작이자 스무살부터 본격적으로 쓰기 시작했다.

일기를 안 쓰면 잠이 오지 않을 정도였고 어느새 내 삶에 습관으로 스며들고 말았다. 유일하게 솔직할 수 있는 공간이라서 그런 걸까 싶다.

일기의 장점은 '생존에 유리'하다는 내용을 TV 프로그램에서 접한 바 있다. 사람에게 존재하는 감정은 정리되지 않은 경우가 많은데 글로 쓰기 시작하면 형태가 갖추어지면서 평정심을 갖게 된다.

지금 나의 상황과 감정, 생각을 적어본다면 차분해지는 동시에 생각을 환기시켜 새로운 것을 담게 된다.

그리하여 나는 일기 쓰는 습관을 추천하고 싶다.

그림자

높이 뜬 태양일 수록
필연적으로 그림자가 생긴다

떼려야 뗄 수 없는
애증의 존재이기에
어떻게 응용하는가 역시
중요한 듯하다

연예인이라면
유명세의 버금가는 악플을
자주 대비하고는 한다

당연하다는 듯
반응하는 태도는
절대 그렇지 않다
합리화할 수 없다

정당한 피드백이라면
성장의 원동력이 되겠지
평가라는 건
워낙 주관적이니까

모두가 나를 좋아할 수 없지만
존중할 의무는 있지
아무리 정나미 없는 세상이라도
사람끼리는 서로 사랑하자, 우리

나이 대? 나일 때!

내가 어릴 때는
나무처럼 커다란
어른들을 동경했다.

고개를 하늘로 향한 채
눈을 떼지 못했는데
뭐든 다 할 수 있을 거라는
가능성이 크게 보였다.

내가 어른이 되자
꽃 한 송이송이 닮은
아이들이 부러웠다.

꿈을 이루기 위한 시간이
충분하게 느껴졌으니까
멋져 보였다.

너도 나를, 나도 너를
우리는 서로 부러운 나이대
찬란하게 빛나는 나일 때

대단한 사람

고개를 돌릴수록 여기저기
대단한 사람들이 참 많아
숨은 그림 찾기를 한다.

각자의 빛을 내며
재주를 부리는
세상이라는 서커스

나는 왜 이리
부족하고 서투른 걸까
하염없이 자책한다.

누구나 틀리고
완벽하지 않은
실수투성이지만

열심히 하려는 마음
움직이는 성실함이
또 다른 빛을 낸다.

명제

어두운 밤이 와도
작은 불빛들로
이겨낼 수 있는 이유는

아침이 온다는 것을
알기 때문입니다.

기약 없는 무명 시절을
견디는 이유는

마음속 한편에
켜진 희망 하나가
기적을 불러올 거라
믿기 때문입니다.

변수

내가 감당할 수 없는
고난이 생기는 게 싫어

매사 모든 것을
통제하려고 애썼다.

나와 가까운 사람들과
몇 번의 헤어짐을 겪고 나서야
비로소 깨닫게 되었다.

노력했는데도 생기는
갖가지의 변수들은
당신이 부족하고
못나서가 아니라는 걸.

공허함

도저히 힘이 안 나는
이상한 날

일어나야 한다는 것을
알면서도 안 되는 나

노력했는데도
결과가 안 나오면
어떡하지?

두렵고 불안하고
무서운 마음에

아무리 자도 졸리고
회복할 기미조차
안 보이는 답답함 속

외로움에 놓지 못하는
휴대폰의 알고리즘

염색

기분 전환을 하고 싶을 때
조금 더 변화를 주고 싶은 날
달라지는 머리 색깔처럼
내 행복과 기분 모두
직접 골라봐야지

다채롭고 어여쁜
내 인생의 색깔이란.

유리창

거울이 아닌
또 다른 곳에서
흐릿한 나를 만났다.

눈물을 지새우며
하염없이 바라보다
주먹으로 내리쳤다.

깨지는 소리와 함께
박힌 유리조각들
회복할 기미를 안 주는
깨져버린 내 마음.

워커홀릭

진짜 마음이 아플 때는
생각을 깊게 하기보다
일에 미쳐야 한다.

바쁘게 살면 집중하느라
아무 생각도 나지 않는다.

다른 사람에게 기대고
위로받으며 울고
내 곁을 떠나지는 않을까
전전긍긍하느니

아무 일 없는 척
괜찮은 것처럼 연기하며
살아야지, 아무렴.

외부와의 차단

사람이 싫은 것은 아니지만
만나기 무서운 순간이 있다.

남이 나를 어떻게 볼까
두렵고 위축되는 마음속

혹여나 실수하는 건 아닐까
계속 내 중심을 잃어버린다.

그럴수록 만남을 통해
외로움을 채우지 말아야지

남에게 의존하면서
나보다 우선순위로
놓지 말아야지

내가 내 일에 집중하며
스스로를 개발하다 보면
어떻게든 만날 인연은 만나고
떠날 인연은 떠날 테니까.

저도 괜찮아

모든 일에 항상
이길 필요는 없어
애쓰지 않아도 돼

가끔 지면 어때
노을도 때가 되면
저물 듯이 말이야

피고 지는 세상 속
우리는 꽃이니까

열심히 하다 보면
또 다른 곳에서
멋지게 개화할 거야.

휴지통

'나 왜 이렇게 못생겼지?'
내가 찍은 사진이 아니라
남이 찍어준 후면 카메라 속
또 다른 나

왜 이렇게 못났을까 싶어
남몰래 지우고 또 지웠다

친구는 잘 나왔다는데
믿을 수가 없어
하염없이 세상 부정

시간이 지나 마주한
내 사진들은 말이야
왜 미처 몰랐을까 싶어
다시 복구했다

나 참 예뻤구나,
깨달음이 늦었지만
못난 날도 못난 나도
어디에도 없었다.

생일

네가 태어났을 때
울음소리 하나로
축하를 맞이했고

분만실 밖에서
기도하던 아빠는
이내 안심했다.

품에 안겨 울먹이는
우리 엄마의 눈가는
기쁨으로 번졌던
역사적인 하루

엄마 아빠
부모가 된 날
진심으로 축하해

무례한 사람

MBTI 검사가 유행함에 따라 세 번째 문항인 T와 F가 꽤나 놀라웠다. T(thinking) 사고형과 F(feeling) 감정형은 어떤 문제에 대해 이성이냐 마음이냐의 차이다.

나는 T라서 그래라며 무례하게 구는 사람, 못된 사람이 꼭 있다. 같이 아르바이트했던 양아치 선임도 T라며 들먹이면서 시비 걸고 어깨 치며 성희롱까지 했던 행동들

사람 사이에서 지켜야 할 예의는 지켜야지,

도리잖아.

안 괜찮아요

괜찮지가 않아
여전히 힘들고
지치고 답답해

나도 모르게 습관적으로
'괜찮아요'라고 하네
미움받지는 않을까
마음이 좁아 보이지는 않나

내가 너무 상대를
힘들게 하나 싶어서
내키지가 않아, 난

언어유희

책을 쌓아 놓지 말고
지식을 쌓아야 한다.

내일 할 일을 미루지 말고
오늘 쉬는 일도 미루지 말자.

걱정을 쌓아 두기보다는
행복을 잔뜩 쌓아 놓자.

딜레마

걱정은 매번 쌓이고
통장의 돈은 안 쌓이고

고민거리가 생길 때
꽃잎 한 송이씩 뜯으며
'할까?' '하지 말까?'
계속 망설이네

매번 선택과 후회의 연속
인생은 여전히 그래

오늘은 이만 좀 쉴게요

너무 애쓴 걸까
눈꺼풀의 무게가
아령보다 무섭다.

최대한 기어서라도
침대에 올라가
겨우 이불을 덮는다.

내 목표가 너무 높나
잡고 싶은데 안 잡히니
하염없이 답답하다.

소리 없이 눈물을 흘리며
이내 잠에 들고 만다

이 밤은 나를
묵묵히 응원하고 있겠지

나만 놓으면 끝나는 관계

사람들은 모두 다르기에
갈등이 생길 수밖에 없고
싸우기도 한다.

올바른 가치관을 가진 이라면
자신이 겪고 있는 관계와 상황을
남에게 함부로 말하고 다니지 않는다.

사이가 좋지 않은 사람들 가운데
끼어버린 중립의 누군가
고래 싸움에 새우등 터질까 봐
혼란스럽고 당황스럽겠지만

너 관계는 너의 것, 내 관계는 내 것
누구랑 친하든 존중할 거야

필요할 때만 찾거나
상대방 눈치 보며 유지하는 관계라면
과감히 잘라버릴래, 나를 위해서

알고리즘

유튜브와 인스타를 하면서
하염없이 멍을 때린다.

영상 하나를 클릭하면
관련 있는 것들이 계속 뜬다.

사람 관계도 마찬가지로
어떤 사람을 만나는가에 따라
비슷한 류를 계속 접한다.

노는 것을 좋아하면 노는 사람을,
공부하는 걸 좋아하면 노력하는 사람을.

나의 1년과 학창 시절과 사회생활이
중요한 것은 다 이 때문이다.

양심적으로 내 마음이 편하면서
서로가 존중하는 관계가 좋다.

언팔로우

숫자에 너무 목숨 걸고 살지는 말아야지
1이 줄어드는 걸 보면서
내 문제인가 자책하지 않아야지

떠나는 이가 있으면
오는 이도 있기 마련이니까

누군가 나를 먼저 끊어내도
깊게 생각하지 않기로 하자

나름의 이유가 있거나
별생각 없을 테니까

잘 가, 배웅할게
또 다른 인연에 대한
우연의 마중을 나가며

물음표

더 알아가고 싶고
궁금해지는 너란 사람에게

질문하며 계속 말을 건넬래
너랑 친해지고 싶어

곁에 계속 머물면서
마침표에 가까워진다면

정말 좋을 것 같아
난

시월하늘

아픈 기억은 남겨두고
새로운 달로 떠나자

후회와 미련은
다 버리고, 새롭게

힘들었던 만큼
흘린 눈물보다 더
내일은 행복할 거야
분명히

칭찬

인생이 참 마음대로 되지 않지?

많이 힘들고 고됐겠다
어떤 말로도 감히 네게
위로가 안 됐겠다.

울어도 돼, 괜찮아
기약 없는 미래를 생각하며
오늘을 치열히 살아온 너

참 대견하고 멋있다
칭찬받아 마땅해.

수많은 X에게

X
'미지수'
무얼 대입하느냐에 따라
수가 달라진다.

외부의 값을 구하기 위해
두 배와 세 배 그 이상 제곱되듯

그만한 능력이 있으니까
대입도 하고 치환도 하겠지

통제할 수 없는 모든 문제들은
다 네 잘못이 아니야

무엇을 대입해도 답이 나오는 방정식
뭘 해도 넌 잘할 사람이라 그래
답은 언제나 명확하니까.

별자리

'나는 너를 좋아해'

달을 좋아한 나머지
눈을 뗄 수 없었다.

그러다 보니 옆에 있던
수많은 별들 중 하나가
자신을 좋아한 줄 알고
이내 설렜다.

비록 내 마음은
다른 곳에 있어서
오해라고 정중히
입장을 전했지만

너도 충분히 빛나는이라서
사랑받아 마땅한 존재라는 건
변함없는 세상의 진리였다.

우리의 시선을 하나둘씩 이어
세상의 선을 조금조금씩 새겼나 보다.

진실과 거짓 사이

"우리 반에 좋아하는 사람 있다? 없다?"

매번 빙 둘러앉아
베개를 품에 안고

좋아하는 사람이 있는지
계속 물어만 본다,

다른 질문은 없는
이상한 게임 룰

다음 날이 되면
새끼손가락 걸고 맹세했던
우리의 약속들은 어디 가고
다 알고 있다.

번아웃

감정에 휩쓸리고 싶지 않았고
계속 의미 부여하기 싫어

잠시 도피하기 위해
무조건적인 바쁨을 택했다.

생각할 겨를이 없을뿐더러
이성적인 판단이 빠르게 가능했으나

영원한 것은 없었다.

악착같이 노력하고
불안함에 일을 벌이자
몸은 견디기 어려웠는지 끝내 울었다.

'아... 아...'
위로받기도 이해받기도 어려웠던
한탄스러운 지난날들

표류

지쳤나 봐
곁에는 아무도 없고

나 홀로 작은 배 한 척
낡은 노를 가지고
돛대가 되어 헤매네

인생이라는 망망대해 속에서
언제쯤 나는 목적지를 찾으려나
행복은 있긴 한 걸까

답답하고 괴로운
일상의 지루한 나날들

가족의 마음

아들아,
집 떠나기 전
억지로 눈물 참기보단
품에서 울 거라

딸아,
항상 너의 우선순위는
스스로가 되어야 하는 걸
명심해 주거라

여보, 당신
내 곁에서 언제나
사랑하며 보듬어주라

턱시도와 드레스를 입고
한복에 아기 안으며
돌잡이를 했었던
젊은 날처럼

전치사

좋아해요
너무 좋아한 나머지
질투가 나곤 해요

명사랑 대명사만
신경 쓰는 문법처럼

내가 제일 우선순위였으면 하는
조그마한 바람이자 애정이에요.

일주일

시간 왜 이렇게 빨라?

뭘 했다고 하루가 가고
일주일이 지나고
한 달이 후딱 사라지네.

나는 아직 모든 게
다 처음인 듯하고
여전히 어린것 같다.

아무리 정나미 떨어지는 세상이라도
아이였을 모두, 우리가 되어
서로를 보듬어주고 품에서 위로하자.

자조적

'나 왜 사는 걸까?'
문득문득 드는 생각에
하염없이 답답하다.

마음처럼 안 풀리는 일들에
다 놓아버리고 싶다.

누구의 잘못도 아닌
다 내 잘못 같아서

참 싫다
가끔은 너무 밉다.

익숙함

작고 사소하다며
대수롭지 않게 여겼는데

막상 찾으려 하면
안 보이는 것들 투성이라
참 무서운 일이다.

그동안 얼마나 과분한
사랑을 받아왔고
감사한 삶이었는지

지나고 나서 비로소 깨닫는다.

잠식하지 않도록
항상 감사해야지.

공백

사람들과 어울리다 보면
우연찮게 말이 사라지는
순간들이 있다.

누가 싫어서, 잘못한 것도 아닌데
고요해지는 시간들

그럴 때는 억지로
말을 꺼내려 하기보다는
분위기에 휩쓸려가자

생각보다, 꽤
별거 아니니까.

우직함

다른 사람들보다
뭔가를 성취하기엔
늦은 것 같았다.

조급함에 동동거리는
발들의 하모니
쓸모없는 사람이라
느껴져 온 한숨

다 갖다 버리고
생각하지 말아야지

차분하게, 천천히
당장 할 수 있는 일에
최선을 다하다 보면

스스로 단단해지겠지
그렇게 곧아가려나.

그냥

단순해 보이는데
가끔은 크게 느껴지는 말.

무언가를 시작하려 할 때
깊게 생각하기보다는

그냥 해야지, 그냥

생각이 많아질수록
우울하고 부정적이니까
꾸준히 나아가야지

그냥 그냥
계속 계속

강한 확신

너는 충분히 잘했어
남들이 알아주지 않아도
기대만큼 결과가 안 나와도
정말 잘 해왔어

혹시라도 주변의 말들이
가시 같은 상처가 되더라도
스스로를 믿고
강하게 나아가주라.

장미같이 향을 내는
멋있는 사람아

미래

불안하다.

아직 오지 않은 내일
그다음이 두려웠지만

한편으로는 꿈을 꾸고
지금보다 더 잘 될 거라며
희망을 품기도 한다.

예고 없이 온 상처에
좌절하고 눈물 흘려도

예상치 못한 행복에 기뻐
미소를 짓는 것처럼

미래는 뭐가 들어있는지 모르는
복불복 상자인가 보다.

로그아웃

열심히 살아온 당신에게
선물을 줄 수 있다면

단언컨대 '쉼'이라고
말해주고 싶어요.

모든 것을 다 잘하려
애쓰지 않아도 괜찮고
충분히 멋있으니까

이 밤 그대에게
반짝이는 자장가이길

수묵화

하염없이 어두워 보이는 것이
마치 내 세상 같다.

어림할 수 없는 길을
한 발 한발 내디디며
그렇게 나는 칠해져 갔다.

모든 삶이 모든 순간이
아름다운 예술로 남겨져 가기를

존중

성공하는 데 있어
가장 빠른 지름길은
타인에 대한 존중이다.

내가 만만하거나
우습게 보이지는 않을까
걱정할 필요 없다.

우려했던 일 그대로
대우하는 사람이라면
끊어내면 그만이니까

나를 존중해 주는 사람을
싫어할 사람은 없다.

어울림

맞지 않는 옷을 입거나
신발을 신게 되면

온몸 구석구석에
상처가 난다.

맞지 않는 사람 사이에
나를 맞추려 구겨 넣고

비참한 취급을 받으면서
소속감을 느끼기보다는

미움받거나 초라해 보여도
나를 정말 아껴주고 마음을 편하게 해주는
그런 사람이랑 어울려야지

인생

너무 조급해하며 스스로를 채찍질하지 말아라

인생 뭐 별거 있어
자기 싫은 밤과 더 자고 싶은 아침의 연속이지

잘하려고 애쓰다 보면 지치니까
통제하기 어려운 일은
그냥 즐겨도 괜찮아

'다 지나갈 거야'

망각과 오만 사이

영원할 것이라 생각한 오만은
모든 것을 망치고 만다.

떠나지 않을 거라 자만한 관계는
한순간에 무너지고는 했다.

아무렇지도 않게 괜찮다고 합리화하다
끝내 모든 걸 잃고 말았다.

내가 가진 것들이 결코
당연한 것이 아님을 기억하며

매사 작은 것이라 느낄지언정
소중하게 대하고 감사하자

세미콜론

;

땀 같아서
당신의 기분을 의도치 않게
불쾌하게 만들어 미안해요

저 단어가 있어야
온전히 입력되듯이

나는 당신께 계속
사랑을 확인받고 싶어요.

진흙 속의 보석

그대여
당신의 진가를 알아주지 않는다고
눈물 흘릴 필요 없어요.

세상을 원망하며
함부로 미워하고
아프게 하지도 말아라

타인의 험담에 깎이고 깎여
나라는 원석이 보석이 되어
머지않아 주목받게 될
순간이 올 테니까

이기심

너는 충분히 했어
문득문득 치고 들어오는
기대감은 조금
내려놔도 좋을 것 같아.

'내가 이렇게 했으니 너도 이렇게 해 줘'는
배려가 아니라 이기적인 거야

정말 필요하고 원하는 것이면
서론 다 배제하고
'혹시 이거 해 줄 수 있어?'라고 물어봐.

상대가 정중히 거절하면
그럴만한 이유가 있겠지~ 하며
깊게 생각하지 말고 받아들이자.

영원회귀

몇 번의 생을 거듭해도
다시 나로 태어난다는 속설

내가 나로 다시 환생한다면
더 잘해줘야지

아니, 이 지금
사랑하고 아껴줘야지

우리 모두 그러자

구덩이

잘 보여야 한다는 강박
하루빨리 성공해야 한다는 부담감

어느 순간 남을 의식하며
비교하고 자책했다.

분명 내 삶인데
타인이 자리 잡게 되자

홀로 고립되어
엉엉 울고야 말았다.

보상 심리

내가 챙겨주면 상대도 해 주기를
내심 바라고는 했다.

노력한 것보다 결과가 더
잘 나왔으면 하고 욕심냈다.

잘 안 되면 스스로를 미워하고
과거의 추억과 감정은
부정적으로 변해갔다.

나도 그냥 사랑받고 싶었고
확인받고 싶은 욕심이 있었다.

임계점

일도 사람도 감정도
매사 하나하나에
일희일비하다 보면
결국 내가 힘들다.

때로는 그러려니 하며
흘려보낼 줄도 알고
생각의 꼬리 물기로
아프게 하지 말자

그럴수록 더욱 단단해지며
99에서 1을 더한
100이 되기 위한
여정을 걷기로 약속해

내리사랑

부모님이 주신 사랑에
어느덧 새로운 인연을 만나
내 아이에게 전하는 일

사회생활을 하면서도
존중해 주는 선임을 만나
후임을 배려하고 아껴주는 것

사랑의 종류는 다양하지만
어디에서나 어느 곳에서나
마음을 전하며 따듯해지는 일

살고 싶다는 말

저는 화가입니다
살고 싶어서 그렸습니다.

저는 화자입니다
살고 싶어서 그었습니다.

'살고 싶다'는 말보다
더 간절한 말은 없어요

부디 힘들어도
스스로를 포기하지 말아 주세요

살아와줘서, 살아있어줘서
정말 고마워요.

창작의 고통

하기 싫고 미치겠다
잠도 못 자고 밥을 거르며
생계수단 이후의 시간을 내
온 신경을 쏟아버린다.

죽을 각오로 애써도
한숨만이 나를 채운다.
더 역설적인 것은
내가 그 일을 사랑한다.

언제쯤 이 고통에서
해방되려나,
기약 없는 기다림을
예술이란 등불에 기대 본다.

대유법

같고 비슷한 것끼리
짝을 지어 표현하는 방법

사랑에도 문법이 있다면
너랑 내가 짝을 지어

서로의 반려이자
평생이 되어 주자.

감히

누군가를 좋아할 때
상대가 너무 과분해 보여서

'감히'라는 생각에
내 감정을 조용히 접어왔다.

어쩌면 이 글을 읽는 당신도
너무나도 멋진 사람이라

고백을 주저할 만큼
닮고 싶고 갖고 싶은 사람이다.

마이너

괜찮을 거라고
나아질 거라며
계속 다독여 왔다.

언젠가는 빛을 볼 거라
굳게 믿어왔지만
여전히 제자리걸음이었다.

스스로가 한심하고
채찍질해 나갈수록
결국 허무해졌다.

처참히 고장 나버린
나라는 괘종시계는
애써 고치려 할수록
적막만이 가득했다.

꽃과 마음

꽃을 피우기 전
심어야 할 마음은

온전히 스스로
이겨낼 수 있게
믿고 기다려 주는 것

비교

매번 남들과 나를
보이지 않는 저울에 두기 바빴다.

항상 나는 '을'을 자처했고
남은 나에게 부러움과 선망의 대상이었다.

그만, 멈춤
이제는 달라지기 위해

어제의 나와 오늘의 나를
비교하기로 다짐했다.

교집합

내 교집합이 되어줘

모두가 불안하대
나도 마찬가지야.

힘들어하는 이들이
소외되는 여집합이 아니라

공통적으로 공감하는
교집합이 되어줘

아니, 더 나아가
다 행복하게 지낼 수 있는
전체 집합이 되자

우리

더 잘 될거야

지나간 과거를 후회하는 이유는
지금의 내가 성숙해져서 그렇다.

당시에도 너는 정말
최선을 다했겠지만

후회보다는 아쉬움이
더 나아가 그리운 이유는

작은 아이가 참 애썼구나
이제야 빛을 보는구나 싶어서

자기계발

내가 통제 가능한 일과
그렇지 못한 것 사이

경계를 구분하는 일로
삶에 있어 가장 중요하다.

할 수 있는 범위 안에서
스스로를 가꾸고
노력하는 일도

이미 충분히 너무
잘하고 있어 너는

Chapter.6

너와 나를 이어준 연결고리 : 토성(Saturn)

태양으로부터 여섯 번째에 있는 태양계 행성으로 목성에 이어 두 번째로 크다. 지름은 약 12만 km로 지구의 9.1배에 달한다.

1656년 네덜란드의 천문학자인 하위헌스가 발전된 망원경을 이용해 '토성에 귀가 있다'고 했던 갈릴레이의 가설이 사실은 토성의 '고리'임을 밝혀냈다.

토성의 자전축은 공전궤도면에 비해 약 27도 기울어져 있다. 이번 6번째 우주여행은 당신이 몰랐던 스스로의 모습을 깨닫는 동시에 책을 통해 작가와 독자가 하나의 연결고리로 인연이 닿을 수 있음에 감사하다.

토성의 고리 평면이 태양과 일치할 때는 사람의 시점에서 보이지 않는다. 지금 당장 나의 진가를 알아주지 않고 인정해 주지 못한다 해도 여전히 '나'라는 사람은 존재하듯 스스로의 아름다움을 깨닫게 되는 순간들이 많았으면 좋겠다.

부족하다는 것

완벽한 사람은 없다
누구나 부족함을 느끼고
각자의 이면이 있기 마련이다

행복해 보인다는,
잘 지낸다는 생각은
감히 내가 남을
평가할 수 없게 되었다

얼마나 힘들까
또 마음고생이 심했을까

부족함을 알기에
성장할 수 있나 봐
겸손해지게 되는
필요악이었나 봐

치열하게 살아온
모두의 오늘을 응원하며

반동형성

나를 좋아하는 사람이 있으면
먼저 다가와 줬으면 좋겠다

막상 앞에 있으면
말도 안 하고 장난도 안 치고
반대로 행동하는 내 모습

괜히 들키기 싫어서
뚝딱거리는 나

마음 같아서는
다가가고 싶지만
머뭇거리다 이내 피하는 날

행동이 일치하지 않아서
더 답답하고 어색해서

너도 나를 좋아한다면
나는 너무 행복할 텐데

비밀의 정원

모두의 마음속에 있지만
쉽게 보이지 않는 곳

무럭무럭 자라도록
물을 주며

나무에 기대어
책 한 권 읽고

여러 장의 글도
써 내려가는 곳

함수

자판기에 동전을 넣으면
원하는 음료가 나오듯

내 인생에 사랑을 대입한다면
정답은 너였으면 해

무명의 치어리더

인생이라는 경기 속
각자의 삶이라는 종목에
출전하는 나라는 선수들

당장 주어진 상황에
집중하느라고
뒤를 못 보겠지만

네 등 뒤에서
묵묵히 응원해 주는
묶음의 사랑들
참 감사하다

연애와 솔로

휘몰아치는 파도 속에서
중심을 맞춰가며
스릴을 즐기는 서핑은
마치 연애 같다

그 모습을 바라보며
잔잔히 즐기는
솔로들은
물멍을 한다

서로가 느끼는 즐거움의 방법이
너무나도 다르기 때문에
없는 점을 부러워 하나보다

가끔은 내가 이상한가 싶어서
조급해하고 재촉하지만

나만의 행복을 즐기다 보면
자연스레 찾아오겠지

어른아이

작고 초라한
나라는 사람

나 약해지기 싫었지만
때로는 나약해지는 날

마음속 어두운 동굴 속
울고 있는 어린아이야

어른이 된 내가
너를 꼭 안아줄게

"많이 힘들었지, 견뎌줘서 고마워"

네가 너를 안아주는 동안
나는 조용히 네 등을 토닥여줄게

어른이 된 너는
아무도 모르게 안아줄게

나를 지키는 선

사람 관계에서
가장 중요한 우선순위는
다름 아닌 나 자신

친해지고 싶은 사람이 있거나
마음속 깊은 곳에
누군가를 품게 되면
거리를 둘 것

너무 가까워지면
치사량 초과의 독이 되고
사람에게 끌려다니게 되면
진짜 나를 잃게 되니까

감정은 뗄 수 없는
나의 아기 같은 존재지만
매번 마음을 다독여주며
사랑이라는 자장가를 불러 줘야지

행운아

걱정하는 일의 90%는
안 생긴다고 하지만

설령 생기게 되어도
네가 통제 못하는 일이야

만약에라도 예상했던 일이
그대로 생기면
이렇게 생각해 보는 거 어때?

'나는 행운아다'

'더 잘 되려고 그러나 보다'

'어차피 성공할 사람이니까'

마음의 호수

웅덩이의 물이 고이면
본연의 예쁜 모습을 잃을뿐더러
악취가 나서 썩고 만다

사람도 마찬가지로
마음이라는 호수가
병들지 않도록

지나간 과거는
미련과 후회 없이
다 흘려보내고

다가올 행복은
더 크게 받아들였으면
좋겠다

나라는 경치와 풍경이
훼손되지 않도록
천연기념물로 지정해
아껴주고 보존해야지

날갯짓

죽을 각오로 목표에 임했지만
실패하고 말았다

다시 하려니
전보다 더 못할 거 같아
마침표를 찍었다

정말 신기하게도
전부가 아니라서
다음은 있었다

아, 어쩌면
쉼표일 수도 있구나

또 다른 곳을 향한
도약의 시작
기대가 된다

전하지 못한 말

좋은 마음으로 배려하려다
오해가 되는 상황이
억울하고 속상했지

무슨 말인지

무슨 마음인지

다 알아 괜찮아

길

내가 가는 길이 잘 가고 있는지
맞는 건지 매번 확신이 안 선다

가다가 조금 틀릴까 봐
지레 겁을 먹고는 한다

우리 좀 틀리면 어때
다시 나오면 돼

깊게 생각하면
크게 우울해져

조금은 힘 빼고
살아도 될 거 같아

네가 가는 길은

다 피어날 테니까

시인

글을 쓰는 이유는
망각이라는 바닷속 표류하는
나그네의 기록이오

끝이 보이지 않아
답답하고 불안할 때는
친구가 되어주기도 하고

쉽게 잊고
잊혀 가는 삶 속
나에 대한 기억이기도 하지요

저물어 가는 것에 대한
피어남의 확신이란

아 얼마나 의미 있나요

곰인형

기쁠 때는 네 얼굴에
비밀 얘기를 속삭이고

슬플 때는 작은 품이
큰 구름처럼 포근해지는 순간

지쳐 잠들어 버린 날은
나를 쓰다듬어 주고

악몽을 꾸며 힘들어할 때
곁을 지켜주어 고마워

견적

나는 내가 참 싫었다. 거울을 마주하면 특히나 더 미웠다.
눈이 지금보다 더 크고 코는 오똑했으면... 턱은 갸름했으면 하고 끝나지 않는 구렁텅이에 빠져 버렸다.

진짜 듣고 싶은 말은 따로 있는데 참 익숙하지가 않다. 끝까지 들어보려 해도 스스로 인정하기 어려웠다.

그럼에도 말해줘야지

'너 예뻐' '소중해' '귀한 사람아'

바람

안 좋은 상황을 겪어도
그 사건이 네 인생 전체가
아님을 명심해 줘

누군가 너를 싫어하면
그 사람의 몫이기에
힘들어하거나
마음고생하지 말기

노력한다고 해서
다 되는 건 아니지만
성공한 사람들은
다 노력했다는 사실을

항상 기억해 주기

사랑은 진주

사랑이란
수많은 상처 속에서
배우고 성장하며

가끔은 아파하며
헤어진 결말을 안고
새로이 나아간다

뒤돌아봤을 때
아름답고도 빛나는
애틋한 마음들

감성

따스한 햇살
사이로 불어오는 바람

책갈피 틈새로
스며드는 내음

고요히 앉아
손끝을 통해
느껴보는 감정

꽃샘추위

예민한 내가 싫다
툭 치면 하염없이 울 것 같다

"많이 힘들었지?"

꽃의 봉오리는 피기 직전
무수한 고통을 겪는데

매서운 추위를 딛고
진한 향기를 안겨 줄

머지않아 피어날
너라는 꽃 한 송이에게

착하게 살아도 돼

언제부턴가 '착하다'는 말이 듣기 싫었다. 아마도 사회생활을 하며 많은 사람들을 만나고 일이 주는 자극적임에 눈 속아 서로가 사람이라는 사실을 망각하기 이후부터일까

'쟤는 이래도 되더라'며 호의를 권리로 착각하는 이들은 나를 존중하지 않고 만만히 본다. 분명 나 역시 부당하다는 걸 알고 있음에도 더 큰 피해를 받을까 봐 할 말을 삼키기도 한다.

스스로를 싫어하고 미워하다가도 다시금 잊고 다른 곳에서 호의를 베풀었다. 사람 마음은 한 치 앞을 모른다지만 살아보니까 착하게 살아도 되더라

물론 지금 호의를 베풀었던 이에게 당장 보답받기에는 어렵다. 그러나 지나고 보면 그 사람보다 누군가 나를 더 크게 도와줬다. 인과응보와 권선징악은 언제나 선의 편이자 용기 있다는 증거였다.

항상 착함에 있어서는 신중하게 사용할 수 있도록, 내 마음을 편하게 하기 위해 온전히 스스로 만족할 수 있는 이타심이었으면 좋겠다.

'당신은 상처보다는 사랑이 더 어울리는 사람이니까'

조각

고민만 하다
주저한 일들

그때 할걸... 이라며
거듭 후회했다

노력했던 일들이
결과가 좋지 않아
허무함에 울었다

여러 번의 굴곡
수많은 변곡점들이
하나둘씩 모여

조각이 되어
반짝이는구나

참 예쁘다

사과(apologize)

누군가 나에게 가해를 하면
실수와 고의 상관없이
진심으로 사과받고 싶다

그러나, 흐지부지 넘어가거나
예민하다며 역으로 공격하는
영악한 인간들이 있어

한없이 속상하고
억울해지는 날들이 있었다

아무리 시간이 지나도
기억은 남아있어서
짚고 넘어가고 싶은 마음은

욕심이 아니라 권리고
당연히 해야 할 일이니까

당장이라도 달려와
사과했으면 좋겠다

코르셋

잘 맞는 사람, 결이 비슷한 이는 있어도
틈 하나 없이 딱 맞아떨어지는
관계는 어디에도 없다

인간관계에서
어느 정도의 변화는
맞춰가는 데 필요하지만

상대에게 인정받고자
무리하게 자신을
깎아낼 필요는 더욱 없다

있는 그대로의 나를
사랑해 주고 좋아해 주는
사람들 곁에 머무는 것을
새로운 습관으로 삼아 보자

간격

나를 좋아해 주는 사람에게는
과분하다며 밀어내고
싫어하는 사람에게는
보는 눈 없다며 혀를 찼다

내 삶을 부러워하는 이에게는
의아함에 고개를 저었고
스스로의 미움은 결국
괴리감이 낳은 몸부림

항상 모든 일들의
간극을 메울 수도 없고
확실한 간격조차도
감 잡기 어려운 날들이 있다

모래성

열심히 했다고 생각했는데
아무것도 아닌 것 같다

잡으려 할수록
손 틈 사이로 빠져나가는
노력들을 보며

'하... 허무하다'고
느낀 적 있다

한숨만 쉬다가
문득 바라본 내 손바닥은
모래들로 반짝이자

눈물로 지새운 과거가
오늘의 노력으로

미래에는 더 견고해지길
감히 바랬다

Chapter.7

차가워보여도 속은 따듯한 : 천왕성(Uranus)

　태양계의 일곱 번째 행성으로 핵은 얼음으로 이루어진 거대 얼음 행성이다. 대기는 수소와 헬륨으로 구성돼 평균 기온은 −218℃이다.

　행성들 중 유일하게 '옆으로 누워' 자전한다. 남들과 다른 특이함이 사실은 특별함을 가득 안고 있다. 반지름은 약 25.559km로 반올림을 하면 26km로 이번 챕터는 26편으로 구성되었다.

　사실은 너무나도 따듯한 마음을 가진 좋은 사람에게 상처받아 차가워질 수밖에 없었던 상처들을 위로해 주고 싶다.

　그럴 수 있다면 더할 나위 없이 행복할 거 같다.

공허함

도저히 힘이 안 나는
이상한 날이다

일어나야 한다는 걸
알면서도 안 되는 나

노력했는데 결과가
좋지 않을까 봐
괜스레 겁을 먹고

아무리 자도 졸리고
회복할 기미조차도
안 보이는 답답함 속

외로움에 놓지 못하는
휴대폰의 알고리즘

현재 진행형

해봐야 안다

하고 나서 후회하거나
아쉬워하는 게 훨씬 낫다

기존의 것 말고
새로운 것도 좋다

과감히 나아가야지
어디든지 어디로든

미라클

열 길 물속은 알아도
한 사람 마음은 당최 몰라서

내가 좋아하는 사람과
나를 좋아하는 사람 사이

접점이 딱
맞아떨어지는
불꽃놀이

T적 허용

MBTI가 유행이다
어딜 가든 물어본다

'너 T야?' '나 T야'라며
큐티 프리티 다 나오는
신기한 유행이다

세 번째 유형은 T가 나와서
다들 내게 의외라고 말하더라

너한테는 한없이 다정한 사람
예쁜 말 많이 해 줄게

싸한 사람

사람을 판단할 때
싸하다는 느낌이 들면
대다수의 사람들은
가까이하지 말라고 한다

나는 오히려
근거 없는 촉 보다
충고와 대화를 통해
나타나는 태도로 구별했으면 좋겠다

사람은 입체적이라
내면의 모습은
설명하기 어려울 정도로
다양하게 공존하고 있다

같은 상황에서
자기 잘못을 되돌아보며
고마워하는 사람이
있는 반면

이기적이고 남 탓하는 사람은
'내가 옳았지' 하며
끊어냈으면 좋겠다

너무나도 주관적인
요소가 있는 사람 관계
정답조차도 모호한
답지 없는 사이사이

나도 어쩌면
싸한 사람이었을 수 있으니

드림캐쳐

잠이 오지 않는 밤

또다시 상처받을까 봐
두렵고 무서운 날

내가 당신의 밤이 될게요

악몽 따위 얽매이지 못하게
지켜줄 수 있는 삶

불면증

오늘의 실수를
한없이 곱씹는다

삼켜지지 않는 체증에
끝내 나를 찔렀다

아픔에 고통스러워
흘려보낸 눈물들

한없이 뒤척이다가
넓은 항해를 꿈꾼다

우울

보이는 게
전부가 아니다
밝음 뒤가
제일 어둡다

텐션이 높고
긍정적이라며
칭찬받는 순간순간

보이지 않는 칼이
나를 찌르고

그렇게 깊어져 간다
한없이 또

한낮 파도

메말라가던 나라는 땅에
사랑이라는 물을 퍼부어 준
그대

완벽하지 않아도
스케치되는 파도 같은
나라서

더 완벽해질게, 거대해질게

먼 훗날 다시 만나면
고맙다고 말할게

조급함

많이 조급했지
아니 잘하고 싶었지

열심히 하는 거
다 아는데
생각보다 답답했겠다

결과를 통제할 수는 없어

그렇다 해서
절대 네가 못난 건 아니야

사랑

힘든 상황에 몰리면
위로와 조언도 고맙고

성장을 위한
차가운 비판도 받아들인다

필요악이라며
스스로를 위로했지만

사실 너에게는
사랑이 필요했구나

무엇보다 달콤한

잘 잤어요?

부스스한 머리에
후줄근한 잠옷 차림
목소리는 그 무엇보다도
달콤한 모닝콜

머리를 쓰다듬으며
사랑을 확인하는 순간
따스한 햇살 하나가
슬며시 들어온다

너무 행복한 나머지
볼을 꼬집다
아야라는 소리에
살며시 짓는 미소

동화

차라리 깨어나지 않기를
감히 바라고는 했다

왜 내게만 이런 일이 생기나 싶어
야속하고 억울했다

꿈을 꾸는 것도 좋지만
모두가 맞이할 현실이

더 환상적이고 행복했으면 좋겠다

새벽녘의 울음

저물어버린 모든 것과
다 지나버린 오늘에

여기 지지 못한
무언이 피어 있습니다

차디찬 공기 속
또르르 흘리다가도
하염없이 삼킵니다

비가 거세게 내린다면
아무도 눈치 못 채게
편히 울 텐데

그러지 못해 흘려버린 울음
새벽녘 서리 되어
두 볼에 유영합니다

터널의 끝에서

열심히 살았다고 생각했는데 정작 허무하다고 느낀 날들이 많았다. 어제보다 오늘 더 나아지려고 애썼지만 끝이 보이지 않는 불안함은 나를 삼켰다

달라지고 싶어 노력하고 열정적으로 살았던 건데 정작 내게 오는 결과는 처참하기 따로 없었다. 도대체 언제까지, 어디까지 해야 하는 걸까

영원한 건 없다지만 내 세상의 고난은 여전히 현재 진행형이라 그럼에도 속눈 셈 치고 다시 믿어보기로 하자. 머지않아 끝에 가까워졌다는 신호일 테니까

그러려니

힘들 때
한 가지만 기억해
'그러려니~'하고
넘기는 거야

계속 곱씹을수록
하등 도움 되지 않아

생각이 깊어질수록
우울해질 뿐이야

마음의 주문처럼
중얼거려도 돼

변곡점

아무리 힘들어도
희망을 놓지 말자

삶을 포기하기는
더더욱 금하자

그렇게 살다 보면
버티고 버티다 끝내
'이만하면'이란 생각이 들 거야

그때 가장 어여쁘게 피어날
너라는 꽃 한 송이니까

일

생계유지를 위해
돈을 벌려면
일을 해야 했다.

놀러 간 것이 아니기에
계속 다정할 수는 없다

원치 않는 속상함이 밀려와도
이 또한 필요악이라

역설적으로 더
성장하나 보다

아껴주기

힘든 시절을 겪으면
돈도 없고 잘 안 풀리는 허무함에
다 놓아버리고 싶은 순간일 거야

그럴 때 명심해야 돼
그 기분 절대 영원하지 않아

네 마음을 달래고 아껴주는 것도
당연히 중요하지만

곁에 있는 사람들 한 명 한 명
가치 있게 대해줘

누군가는 갖고 싶어도
절대로 못 갖는 사람일거야

장미

고운 당신을 탐낸 대가일까

좋아하는 마음이 커질수록
가시 같은 말들에 찔려서

내 손가락은 사랑이 아니라
피로 가득 물드네

향기 나는 네 모습
멀리서만 봐야 했었나 봐

SNS

인스타는 당신의 모든 것을 대변하지 않는다

언제부턴가 '맞팔로우'가 관례 의식처럼 작용돼
몰래 끊어버리는 '언팔로우'를 하거나
똑같이 안 하면 서운함이 들었다

싸움으로 번지는 불상사를 겪자
어느 하나에 너무 과한
신격화가 되는 게 싫었다

계속 빠져들게 되고
중독에 사리분별을 못하면
위험하다 못해 주객전도돼서

매 순간 인생은 외줄 타기에 자전거라지만
내가 내 중심을 잡을 줄 알아야 한다

주소 미정의 편지

아가
웃으며 떠난 여행이
돌아올 수 없는 길이 된 것은
네 잘못이 아니야

말리지 못한 사람도
죄책감 갖지 말아

몰랐고 놀랐던 마음
어떤 말로도 위로할 수 없지만
내가 그 아픔을 함께 할게

끝이 어둠일지라도
같이 걸을게
사랑해

새로운 아침

시간은 왜
속절없이 흐르는 걸까
야속하게 느껴져
탓한 적이 있다

다들 잘 사는 것 같은데
정작 나는 아닌 거 같아서
한없이 허무했다

다가올 태양에
온몸을 맡겨봐야지

사실은 살고 싶었으니까
또르르 흘리며
다시 새기는 다짐

자작곡

신나서 흥얼거리고
슬플 때 마음을
가득 채워준다

맞지 않는 아이들
불협화음이 모여
어여쁜 멜로디가 되는

나는 노래가
참 좋다
내 노래라면 더더욱

눈에 눈을 담아

잠시 눈을 감은 줄만 알았는데

단 잠에 취해 깨니
다음 역이 종착지랍니다

벌써라는 생각에
눈 비비며 마주친 창가 너머

단풍잎은 새로운 손님을 맞이하려
스르르 떨어지나 봅니다

이 어둠이 지나자
새하얀 세상이 나를 반기고

쏟아지는 함박눈을
이불 삼아 덮는 아이들을 보며

눈에 눈을 담고
그렇게 나아가봅니다

좋은 날

분명 온다
의심치 않아도 된다

죽지 못해 살아가던
수많은 시간들

끝나지 않는 외로움에
공허해지는 날

미칠 것 같았던
아픈 상처들 뒤로 한 채

이날을 위해
비로소 살아왔구나
애썼다 싶은 나의 날

Chapter.8

푸르른 미래가 가득한 세상 : 해왕성(Neptune)

 행성들 중 태양에서 가장 멀리 떨어져 있으며 1846년 프랑스의 르베리에와 독일의 갈레가 발견했다.

 해왕성의 1년은 지구에 비해 164배나 길며 주변에는 대기의 활발한 흐름 때문에 생긴 것으로 보이는 '대흑점'이라는 소용돌이가 있다. 10여 개의 위성과 함께 희미한 고리를 갖고 대기에는 메테인 성분이 있어 푸른색을 띤다.

 모든 물체에는 '탈출 속도'가 있다. 탈출 속도란 물체가 천체의 표면에서 탈출할 수 있는 최소한의 속도를 말한다. 마지막 행성 여행인 해왕성의 탈출 속도는 23.5km | s로 반올림하면 24km | s이다.

 원고의 구성은 24편으로 진행했다. 이번 챕터는 쉬는 게 더 어렵고 불안함에 일을 마구 벌

려왔던 수많은 청춘에게 푸르른 미래가 분명히 올 거라는 위로를 보낸다.

　노력은 가끔 배신하기도 하지만 그렇다 해서 당신의 모든 노력들이 절대 헛된 것은 아닐 것이다. 또 다른 곳에서 어여쁘게 푸르를 거라는 확신을 보낸다.

여행

어디서 어떻게
얼마나 걸리는지
늘 계산하며 다녔는데

한 번은 그냥 숙소에서
혼자 아무것도 안 하며
푹 쉬고 싶다

새로운 공간에서
느끼는 편안함이란

아 얼마나 좋아

소확행

──────

채광 좋은 날
시원한 라테 한 잔

한없이 창문 너머
햇살을 즐기며
타닥타닥 적어보는
노트북 소리

그렇게 우리는
소소한 여름을 즐겨 본다

꽃가루

흩날리는 꽃가루 때문에
꽃만 보면 늘 간지러웠다

왜인지 널 보면
마음이 간질간질해졌다

네가 활짝 핀
꽃이라 그랬나 보다

한강

북적북적한 출근길
나른해진 퇴근길

앉거나 서서
작은 화면을 바라보다

창문 너머의 한강은
큰 화면으로 다 함께 본다

어쩌면 우리의 마음은
하나의 강으로 이루어졌기에
작은 강들이 모여 큰 강을 이루나 보다

더 크게 창대해지기 위해
슬픈 일은 훨훨 흘려보내자

도심 속 지친 이들이
곧 바다를 맞닥뜨리길

너

다시는 사랑하지 않겠다며
다짐했던 내게
선물처럼 찾아온 너

내 세상에 어둠이 드리울 때
밝게 비춰준
등불 같은 너

특별한 재능 없이
보잘것없다 느낀 나를
있는 그대로 사랑해 준 너

나도 네가 참 좋다

블루라이트

반짝반짝 빛을 내는 그대
나는 한 시도 눈을 못 떼서
하염없이 취하고 싶네

유난히 아름다운
당신 모습에
여전히 함께하고 싶은
이 마음

그대라는 향

다들 완벽하지 않고 입체적이라
멀어지는 관계가 있으면 재회하기도 한다

나와 사이가 좋지 않아
한쪽 편을 드는 사람이 있다면
상관없이 내 곁에 머무는 이도 있다

좋은 사람인 동시에
불가피하게 안 맞는 사람이 생기니

내가 내 삶의 주체가 되어
뿌리를 내린다면
향기에 이끌려 알아서 머물 테니

작가에게

너도 많이 힘들었지
위로받고 싶었을 텐데

상처를 감춘 채
남을 위해 글 쓰는 것
대견하고 멋있어

정말 고마워 잘 읽고 있어

보이지 않는 곳에서도
작가라는 타이틀이
잘 어울리는 너를
언제나 사랑해

산책

화가 나서
감정에 주객전도되는 날

무조건 밖에 나가
걷고 또 걸으며
나를 달래기 위해 애를 쓴다

지나면 사소하지만
당시에는 크게 느껴지는 벽

이성적 판단이 어려운 순간에는
무작정 걷고 또 걸으면
어느새 진정되는 나

이번 생

노력했는데 일이 잘 안 되면
'다음 생에 맡기자'라는
말도 안 되는 생각을 했다

어쩌면 이번 생의 내 모습은
전생의 내가 그토록
갈망하고 바라던 모습일 텐데

설령 실패하고
하던 일이 잘 안 되면
나만은 언제나 내 편이 되어주자

다음 생의 내가
오늘의 나를 그리워할 만큼
열심히 살자

윤슬

햇빛을 받아
유난히도 반짝이는 너를 보며

하늘에만 별이 뜨는 게 아니라
바다에도 뜨는구나 싶어

계속 바라본다

재즈 감성

네가 좋아하는 일을 했으면 좋겠어
더도 말고 덜도 말고
정말 많이

함께 살아가는 세상이라
타인이 신경 쓰일 때는
스스로에게 토닥여 주면 돼

'내가 지쳐서 남의 눈과
입을 빌리려 했구나'

매 순간 모든 선택들을
다 확인받을
필요는 없어

그렇게 나아가는 거야

끝이 다가오면
새로운 것에 대한 기대보다는

불안함과 책임감이
더 커져버린 것 같아

보편적인 24시간은
성취의 시간보다 빠르고

나이를 먹는다는 것은
곧 눈꺼풀의 무게를
의미하는 듯해

휴가

가끔은 즉흥적으로 떠나
새로운 세상을 맞아보자

빨리해야 한다는 조급함과
모두에게 친절해야 한다는 강박
다 버리고 쉬러 가보자

타오르는 태양이 머리를 쓰다듬고
포근한 이불과 베개가
구름처럼 부드럽게 안아주는 곳

귀감

매사 하루하루를
허투루 보내지 않고
늘 노력하는 사람

당장 성공은 아니더라도
힘들면 기꺼이 손 내밀어
든든한 편이 되어주는 사람

실패하더라도 도전하면서
오늘보다 내일이
나아지는 그런 사람

오아시스

척박하기 따로 없던
메말라간 내 마음

전혀 예상도 못 한
누군가의 고백으로
이내 황홀해졌다

한 사람의 용기가
다시금 살아갈
희망을 주는구나

강경하게

누군가 성공하면
정나미 없는 세상일지라도
축하부터 건네는 것이 예의

생전 연락 한 번 없다
어떻게 한 거냐며 물어보는
쉬운 길로 올라가려는 심보

참으로 안쓰럽구나
차단해야지, 안녕

콤플렉스

누구나
감추고 싶은
흠이 있다

하물며 사물에도
그림자가 생기는 데

서로 느낀 것이 있어도
그것이 허물이라면
조용히 눈감아주자

친한 사람

굳이 과시하지 않아도
한 사람을 보면

자연스럽게 떠오르는
사람이 있다

어딘가 모르게
서로 닮아 보이는
그런 사람
그러한 존재

튤립

꽃말은 사랑의 고백이라지만
내가 너를 감히
좋아해도 될까

하염없이 꺼내고 싶어
여러 번의 리허설을 거쳐도
망설였던 그 말

용기 내 말할게
'좋아해'

함께

너의 잠이
길지 않았으면 해

창가 너머로
들어오는 햇살과
지저귀는 새들의 노랫소리

방문 너머로
너를 걱정하고 있는
가족들의 묵음 응원

결코 혼자가 아니야

브런치

따사로운 아침
햇살 가득히 담은 그릇

만드는 과정은 참
번거롭고 귀찮지만

예쁘게 만들면
참 기분이 좋아진다

사진 한 장 찍고 스토리 올리며
도심의 소리에 귀 기울이는
하루의 시작

내 팬

아직 많이 부족한 사람인 내게
내 팬이라고 말해줘서
정말 고마워요

내 펜으로 당신에게
크나큰 감사와
진심 어린 위로를

꼭 적어 보낼게요
우리 또 만나요
이다음에서

에필로그

끝없이 무수한 어둠 너머 너라는 별

언제부턴가 괜찮다는 말을 하는 것조차
민폐가 될까 봐 숨긴 건 아닐까

주변의 기대에 부응해야 한다는 부담감에
자기 자신을 다그치며 매사 자책하며 살지는 않
았을까

잘해야 한다는 강박에
작은 실수를 하게 되면 답답해서
울음이 터져 나올 것만 같던
순간이 존재했던 것은 아닐까

매번 일이 잘 안 풀린다고 생각하던 당신에게
어둠 너머의 별이 가장 예쁜 법이라

그 빛을 볼 수 있었던 건
포기하지 않고 스스로 빛내준
당신 덕분이라고

고맙다고 말해주고 싶다.

"별의 별 일이 많이 생긴다는 건, 네가 별 같은
사람이라 그래"

특이한 사람이 아니라
특별한 사람입니다

개정판 1쇄 인쇄 2024년 08월 05일
개정판 1쇄 발행 2024년 08월 05일

지은이   모먼트

표지/디자인 이소영
펴낸이   포레스트 웨일
펴낸곳   포레스트 웨일
출판등록   제2021-000014 호
주소   충남 아산시 아산로 103-17
전자우편   forestwhalepublish@naver.com

종이책   979-11-93963-28-9